AF351284

El Matador 4

Milestone

Du même auteur

Aux éditions Publibook

À l'aube du soleil vert, 2003
La Fleur bleue, 2004
Attention ! Un train peut en cacher un autre, 2005
El Matador, 2005
De lettres en lettres… Année 1912, 2006
Journal personnel et intime d'une nouvelle Zingara, 2007
El Matador 2, 2013
La Citadelle des Dragons, 2014
Le journal de Lorelei, 2014
El Matador 3, 2015
De lettres en lettres… année 1925, 2015
La fleur de l'ombre, 2016

Éditions Indépendantes

Une histoire de coquelicot, 2017
La citadelle dans la montagne, 2017
Les carnets de Lou-Anne, 2017

Le désordre des êtres est dans l'ordre des choses.

Jacques Prévert

Définition et traduction : Milestone

(littéral) borne kilométrique

(figurative) étape importante

Chapitre 1

Le smartphone, enfoui sous un plaid, se mit à vibrer et sonner frénétiquement, à croire qu'un Gremlin furieux se dissimulait là-dessous. Une main fine partit à sa recherche en tâtonnant. Elle le retrouva et put enfin l'extraire de sa douillette cachette. Une jeune femme soigneusement emmitouflée dans une veste passée sur un pyjama, se tenait blottie sous la fine couverture dans un large canapé en velours. Elle éternua avant de prendre l'appel, tandis qu'en sourdine se percevait un bruit de pas de chevaux et de cavaliers provenant du grand écran accroché juste en face.

— Ouiche, allô marmonna-t-elle en tirant un mouchoir en papier d'une boîte à côté d'elle.

— Eh salut Lyne ! s'exclama une voix enjouée.

— Oh c'est toi Max ! Contente de t'entendre.

— Ça n'a pas l'air d'aller dis donc, tu as une voix de rhinocéros agonisant.

La jeune femme réprima un grognement qui ressemblait à un éclat de rire, se sentant soudain mieux en entendant son amie. Au fil des années, elle et Maximilienne simplement surnommée Max, s'étaient rapprochées. Leur passion des chevaux, du voyage et de la randonnée n'y était pas étrangère.

— Merci pour la comparaison, Cassy et moi avons un rhume nous sommes donc à la maison. Nous avons toutes les deux séchées l'école et le bureau. Et toi ?

— Mes pauvres louloutes va, déplora Max avec une réelle inquiétude.

— Oh ça va on devrait survivre. C'est seulement que le climat Normand ne semble pas réussir à mon chétif organisme. Cassy elle, est ravie de rester à la maison. Elle a récemment décrété qu'en sachant lire elle n'avait pas besoin d'aller à l'école. Grand Dieu, et elle n'a que 6 ans !

Elle entendit le rire toujours si joyeux et communicatif de son amie, ce qui lui remonta d'autant le moral.

— Et bé je te dis pas ce que ça va être dans dix ans ma pauvre ! ne put s'empêcher de s'écrier Max avec un accent fleurant bon le soleil et le mistral.

Lyne se moucha, se contentant de grommeler on ne sait trop quoi. Elle jeta son mouchoir usagé dans une panière située à quelques pas du canapé, la loupa ce qui la fit soupirer. Un chat vautré quelques secondes auparavant dans les bras d'une minuscule fillette, aussi blonde que sa mère, sauta d'un bond sur la boule de papier et la projeta dans toute la pièce avec une délectation de chaton. Une petite chienne au poil dru, elle aussi vautrée dans le canapé sur les pieds de Lyne, releva la tête, dardant ses longues oreilles sur les turpitudes félines. Elle laissa échapper un grommellement vindicatif avant de se rallonger, tandis que le chat, gros rouquin touffu, poursuivait la boule à présent propulsée sous une bibliothèque.

L'enfant se tourna vers sa mère. La voyant encore rivée au téléphone, elle haussa ses minuscules épaules, avant de se rencogner frileusement sous le plaid, tout en entourant la vieille chienne d'un bras potelé. Celle-ci se lova en fermant les yeux, dans la douceur de la toute petite. Lyne contempla une seconde sa fille et Lady X, toutes les deux si complices, avant de répondre à Max :

— Cassy est plantée devant le film de notre voyage à cheval depuis la Roumanie, à son père et moi. Le crois-tu si je te dis que c'est son film préféré devant toutes les séries pour enfant ? Cette petite est incroyable ! Elle me demande sans cesse quand est-ce qu'on part avec les chevaux... Comme si avec son boulot Matt' pouvait s'absenter plus de quelques jours ! Enfin et toi alors que fais-tu ?

— Ça c'est clair, tu n'es pas prête à repartir arpenter le monde ! Enfin je dis, toi... Mais moi non plus ! Nous sommes en ce moment à Munich pour un énième Grand Prix, donc comme dirait Stephy c'est pas demain la veille que mon Champion va remiser ses éperons !

— Nan, Stephy dirait que sa Seigneurie ne posera ses éperons qu'une fois mort... Et encore !

Elle entendit son amie s'étrangler de rire dans le téléphone, avant de lâcher entre deux gloussements :

— Oui tu as raison, c'est plutôt comme ça ! En attendant le voici à tester la possible relève de Kérosène, tandis que moi j'ai l'impression bizarre de revivre la même journée depuis quinze ans. Nous chargeons chevaux et matos dans le camion, Stephy conduit, nous arrivons sur un concours où je n'ai qu'à le regarder tout gagner en tremblant qu'il se blesse... Et cela en boucle. Est-ce possible ?

— Est-ce que ça te rassure, si je te dis que pour ma part j'ai tendance à penser que Matt' croit que je passe ma vie en pyjama ? En effet lorsqu'il part le matin je me lève à peine, je suis là hirsute et mal réveillée, et lorsqu'il rentre je suis souvent déjà couchée depuis longtemps. J'ai renoncé à l'attendre, parce que j'ai vite compris l'inanité d'un tel geste ! Monsieur est passé sans transition de doux écolo' à Président d'un groupe industriel ! Oh pas que je le blâme pour ça, il n'avait pas trop le choix ! De plus il essaye d'appliquer ses principes à l'industrie, il veut prouver qu'une boîte peut être à la fois éthique et concurrentielle, ce qui est une croisade très louable...

— Sauf que toi tu t'ennuies n'est-ce pas ? termina Max à sa place.

Lyne émit un faible « oui » tandis que son regard clair se laissait emmener par les images qui se déroulaient sur l'écran. Emportée contre son gré par la beauté sauvage des Carpates, et surtout le pas ample de ses chevaux... Elle s'obligea à détourner la tête tout en répondant d'un ton plus abrupt que ce qu'elle aurait voulu :

— Oui, mais la vie n'est pas un conte de fées, on le sait aussi bien l'une que l'autre !

Elle entendit son amie pousser un soupir mortifié, alors que dans un lointain brouhaha elle entendait les cris d'une foule, les battues sourdes d'un cheval, les bruits mats de barres projetées sur le sable, tout le paysage sonore propre à un jumping. Elle pouvait comprendre la lassitude de Max.

— Bah il faudrait qu'elle le soit... Imagine si elle l'était ? Que voudrais-tu faire ?

À ces mots, ces simples mots, le cerveau de Lyne se mit à échafauder mille perspectives qui la laissèrent abasourdie et légèrement pantelante. Elle se rendit subitement compte qu'elle n'avait pas perdu le goût de rêver en devant adulte : elle l'avait simplement oublié. Dans l'appareil elle entendit vaguement Max s'écrier :

— Je te laisse à tes microbes, ça va être le tour de Luc. À plus !

En coupant la conversation elle laissa Lyne à ses pensées quelque peu chamboulées, pour se tourner vers la carrière de détente où de nombreux chevaux s'échauffaient. Un grand alezan à la robe de la teinte exacte d'un riche cigarillo, monté par un cavalier au regard d'une froideur glaciale, s'avança vers elle dans un petit galop souple, entrecoupé par quelques coups de cul qui semblaient le ravir tout en indifférent son cavalier. Ils stoppèrent avec un synchronisme parfait, issu d'une longue complicité, à côté de la barrière derrière laquelle la jeune femme se tenait accoudée. Sans qu'elle n'y puisse rien, son cœur fit un bon dans sa poitrine. Tout son sang sembla soudainement circuler plus vite tandis que le temps parut s'étirer avec une lenteur gourmande. Elle se pencha, passant souplement sous la lice qui ceignait la carrière. Avec cette émotion sans cesse renouvelée, elle le regarda comme si aujourd'hui encore, après toutes ces années, c'était encore le premier jour de leur rencontre. Il lui parut encore plus beau, plus charismatique qu'auparavant, avec ses tempes qui commençaient à grisonner. Doucement elle posa la main sur sa cuisse musclée, gainée dans une culotte de cheval d'un blanc immaculée. Le grand cheval de selle se calma une seconde, non sans jeter un coup d'œil facétieux autour de lui, à la recherche sans doute de quelques occupations illicites. Son cavalier, le regard d'un bleu coupant, fixait la sortie, s'imaginant dès à présent sur son tour. Déjà il n'était plus là. Il posa, cependant furtivement, une main gantée de cuir fin sur les doigts de sa femme, les serrant une fraction de seconde. Pourtant ce n'était pas suffisant, plus assez du moins pour Max qui attendait un regard, un mot... Le cœur broyé, elle ressentit soudain un vide immense au creux du ventre, tandis que son sang se glaçait dans ses veines. Que se serait-il passé si en fin de compte il avait abaissé son regard vers elle ? S'il avait prononcé ces mots qu'elle attendait ?

Sans doute auraient-ils poursuivi leur route, ensemble, dans cette lente agonie de ses rêves et de ses attentes. Mais comme une goutte infime vient faire déborder le vase empli d'une eau de renoncement, Max retira sa main, reculant comme au ralenti. Luc ne remarqua rien. Ne s'aperçut de rien. Il partit sur son tour, sans une seule pensée, hors sa concentration et sa rage de vaincre encore et toujours, à croire que malgré les années, malgré les succès et les victoires, il restait ce jeune cavalier insatisfait et furieux.

La jeune femme tourna les talons. Depuis plus d'une décennie elle suivait chacun de ses parcours, le cœur transi, la respiration coupée. Mais pas aujourd'hui. Meurtrie. Amère, elle partit simplement marcher au long des champs qui s'étendaient au-delà des parkings, repensant à la conversation qu'elle avait eue avec Lyne. Si sa propre vie était un conte, comment voudrait-elle qu'il s'écrive ? Avec une tristesse teintée de colère, elle songea que quelques années auparavant la réponse aurait fusé d'elle-même : où que soit Luc elle vivait dans un conte de fées rose bonbon. Aujourd'hui rien n'avait changé, ses sentiments envers lui s'étaient même renforcés, remplaçant une passion dévorante par un amour durable et puissant. Plus fort que tout. Cependant en cet instant ce n'était en rien ses sentiments qui étaient mis sur la sellette. En aucun cas. Tout en grignotant une graminée ramassée sur le bas-côté de la piste cyclable, qu'elle suivait sans bien savoir où elle allait, elle ne repensait qu'à ses rêves de petite fille. Où étaient-ils passés ? Luc avait réalisé les siens, mais elle ? Lui suffisait-il à présent de vivre à travers lui ? Avait-elle cette âme apte au sacrifice et à l'abnégation ? En cet instant elle était fort loin de cet état d'esprit ! Tout au contraire, fulminante et de plus en plus agacée au fur et à mesure qu'elle s'éloignait du concours, elle marmonnait, prenant papillons et libellules à témoins.

Elle avait déjà su prendre une décision d'une telle importance, une quinzaine d'années auparavant, alors ce fut presque facile. Son cœur regimba, mais son esprit le musela. En tout cas cela sonna comme une évidence : Luc avait eu sa chance, il n'avait encore une fois pas su la saisir au vol.

Sortant son smartphone de la poche arrière de son jeans, elle parcourut ses contacts sélectionnant l'un d'eux, et peu importait du reste. Son regard très bleu fixé sur les lointains moutonnements des montagnes Bavaroises, elle lâcha un « allô » résolu dans l'appareil.

Chapitre 2

Lorsque l'avion décolla dans un rude mugissement de ses réacteurs, Cassandra éclata de rire, révélant l'absence d'une canine et d'une incisive ce qui ne semblait toutefois pas la déranger afin de mâchouiller allégrement une sucette au coca-cola. La friandise collée dans la bouche, elle écrasa ses petites mains sur le hublot, regardant s'éloigner Paris avec une excitation ravie : l'aventure commençait dès maintenant. Elle s'agita sur son siège, attrapa la main de sa mère assise à côté d'elle, tout en s'exclamant d'une voix rendue peu audible à cause de la sucette :

— Maman ! Maman ! Regarde, on décolle !

La ravissante jeune femme aux courts cheveux blonds, essaya tant bien que mal de tempérer l'agitation de son phénomène, toutefois étant aussi excitée que la petite, elle ne put que s'émerveiller à son tour.

— On est parti maman ! On est parti ! cria l'enfant en balançant bras et jambes avec ravissement, comme si cela allait faire avancer plus vite le Boeing. Alors qu'il crevait les nuages afin de jaillir en plein soleil, la petite se retourna brusquement vers sa mère, le visage soudain tout chiffonné d'inquiétude :

— Tu es sûre que les messieurs de l'aéroport n'ont pas oublié de ranger les chevaux ?

La jeune femme lui renvoya un sourire apaisant, en murmurant :

— Ne t'en fais pas, on les a mis dans les boxes de transports spéciaux, tu as bien vu n'est-ce pas ? Et bien ensuite ils ont placé ces grosses boîtes dans la soute de l'avion.

— Avec les valises ? fit la fillette en fronçant ses petits sourcils avec un air incrédule et quelque peu horrifié.

— Mais non dans un coin à part.

— Ah ouf, sinon Castor aurait mangé les affaires des gens, remarqua-t-elle avec un certain soulagement, avant d'ajouter :

— Ils ne vont pas s'ennuyer ? Ça va être long pour eux...

Une jeune femme, assise sur le dernier rang de leur rangée de sièges, se pencha alors vers elle en lui disant à mi-voix :

— Eh Cassy, le voyage sera aussi long pour eux que pour nous, ils vont dormir, ne t'en fais pas. Regarde, Ethan a pensé à toi : il a téléchargé des films et des séries sur ma tablette, dit-elle tout en fouillant dans un sac en toile posé à ses pieds.

Elle en tira une fine tablette qu'elle tendit à l'enfant. La petite s'en saisit avec des cris de joie, demandant s'il avait mis des westerns et des histoires de chevaux. Les deux jeunes femmes se retinrent de rire devant tant d'enthousiasme, tandis que l'enfant s'immergeait dans un film tout en suçotant la friandise qui teintait sa langue en brun. Alors seulement elles soufflèrent pour la première fois depuis des mois. Croisant leurs regards bleus, pétillants de joie, elles firent d'une même voix dans laquelle résonnaient fierté et nervosité :

— On l'a fait !

Avec leurs blondeurs et leurs regards clairs, n'importe qui aurait pu les prendre pour deux sœurs, ce qu'elles n'étaient en aucun cas. Un observateur méticuleux aurait noté le bleu des yeux, plus profond de l'une, le blond plus intense de l'autre. Aujourd'hui malgré leurs différences, elles étaient unies et rendues plus proches encore par ce même but, qu'elles s'étaient fixé quelques mois auparavant. Aujourd'hui le lourd transporteur, rempli à ras bord de touristes partant à la découverte des États Unis, ou d'hommes d'affaires méticuleusement tirés à quatre épingles, allait d'un coup d'aile leur permettre de renouer avec leurs rêves de petites filles. La mère de Cassandra se pencha vers son amie, l'air soudain un peu inquiet :

— Crois-tu que nous ayons bien fait ?

Reposant son sac sous son siège, elle répondit à mi-voix avec un ton néanmoins empreint d'une profonde certitude :

— Évidemment Lyne ! Tu voulais faire quoi ? Rester ?

— Non bien sûr... Mais ils vont être inquiets... Se demander où nous sommes...

— Eh bien qu'ils le soient cela leur fera le plus grand bien ! Trancha son amie avec une joyeuse conviction, tandis que le steward se penchait vers elle afin de lui servir une boisson.

Un sourire hésita sur les lèvres délicates de la jeune femme qui, tout à coup, éclata d'un rire libérateur :

— Oh, puis oui tu as raison, Max ! À nous les grands espaces !

Max joignit son rire au sien, tout en affirmant :

— J'ai toujours raison, te dirait Stephy.

— Nooon Stephy dirait qu'on devrait se pacser et oublier d'être hétéro' ! Au fait comment a-t-elle pris tout ça ?

Max but une gorgée de café, fit une grimace en réalisant que ce n'était qu'une simple préparation soluble, se tournant ensuite vers Lyne :

— Bah comment veux-tu qu'elle le prenne ? Elle a été ravie, elle a juste bougonné que nous aurions dû le faire plus tôt... Bref Stephy quoi !

Elle but une nouvelle fois, fit un nouveau mouvement de dégoût, avant d'ajouter :

— J'ai un peu peur qu'elle fasse de la vie de Luc un enfer, mais c'est comme ça. Et puis elle veillera sur Ethan, ce qui est l'essentiel. Luc... Il survivra.

— Ethan ne va pas trop te manquer ? murmura Lyne avec un brin d'inquiétude. Laisser Cassandra aurait été impossible pour le coup...

Max haussa les épaules tout en repoussant son gobelet avec résignation :

— Oui il va me manquer, mais il rentre en Seconde ce n'est pas comme s'il avait besoin de moi H 24. Au contraire ça va lui donner de l'oxygène, et puis son père est là que je sache... De toute façon nous resterons en contact avec les Réseaux Sociaux et le téléphone. Tu sais lorsque j'ai pensé passer ce pas, je lui en ai parlé et sais-tu ce qu'il m'a dit ? Fonce maman, fonce ! On n'a qu'une vie et t'es déjà vieille alors ne perds pas plus de temps... Bon OK j'ai trente-cinq ans ça paraît vieux, je suis d'accord !

Elle éclata de rire sur les derniers mots, rejoint par Lyne. Cassy les considéra avec interrogation, ses yeux très bruns qu'elle tenait de son père reflétant une certaine perplexité. Faisant passer sa sucette d'une joue à l'autre, elle retourna à son film sans plus s'en faire. Les affaires des adultes n'étaient pas toujours bien claires, mieux valait parfois ne pas chercher à les élucider !

Chapitre 3

C'est avec un soulagement sans nom, que les trois Françaises descendirent du gros pick-up, moulues et épuisées tant par les heures de route que par le décalage horaire. Pourtant avant de sortir les chevaux qui s'impatientaient dans l'énorme remorque, elles prirent une seconde afin d'admirer le paysage tout en forêts et massifs montagneux. L'air lui-même avait une autre saveur. Il était chargé d'une odeur d'épicéas, d'humus et de vaches. Les deux jeunes femmes s'étirèrent en respirant à pleins poumons cette atmosphère qui pour elles, avait une saveur de liberté et de rêve.

La petite s'élança de toute la force de ses courtes jambes, au travers de pelouses s'étirant devant une imposante maison en bois. Elle s'écria qu'elle s'appelait Spirit et qu'elle galopait dans les plaines. On ne pouvait lui donner entièrement tort : elle n'était certes pas un cheval, bien que ses longs cheveux blonds, auraient aisément pu passer pour une soyeuse crinière. En tout état de cause elle courait réellement dans le Midwest Américain, et cela était bel et bien la vérité.

Un homme grand, costaud et correctement ventru, s'extirpa à son tour du véhicule, considérant avec un large sourire les galopades de la petite. Il éclata de rire tout en vissant un stetson sur son crâne qui se dégarnissait. Il interpella l'enfant dans un anglais au lourd accent américain, lui demandant si elle voulait l'aider. Cassy stoppa net et courut aussitôt vers lui, primesautière et ravie. Glissant sa menotte dans la grosse main rude et tannée, ils se dirigèrent à l'arrière du van. Max et Lyne les rejoignirent. Ouvrant la porte, ils furent accueillis par un concert de grognements amicaux et des sourds hennissements des étalons. Tournant ostensiblement son encolure afin d'offrir le meilleur angle de vue au seul œil qu'il lui restait, un solide entier à la robe gris argent, retroussa ses lèvres sur un long hennissement lorsqu'il reconnut la petite fille. Celle-ci s'élança d'un bond dans le van. Entourant la lourde tête du cheval, elle l'embrassa avec des cris de joie qui faisaient un pendant joyeux aux grognements de l'étalon.

Le quinquagénaire monta à son tour, lançant un sourire en coin aux jeunes femmes qui le suivaient de près :

— C'est une vraie cowgirl, c'tte p'tite là ! bougonna-t-il avec un fort accent qui rendait son anglais plus folklorique qu'il ne l'était. Max lui répondit avec sa propre conception de cette langue, saupoudré d'un français mâtiné de son accent du Sud. Ces divergences criantes ne semblaient pourtant pas les gêner le moins du monde

— Oh elle a de qui tenir..., dit-elle tout en désignant Lyne, qui détachant le cheval, repoussait la cloison mobile le maintenant.

Passant la longe à sa fille, elle la laissa fièrement descendre le massif étalon qui la suivit, aussi docile qu'un mini chien. Billardant un peu plus qu'à son ordinaire, il dégringola le pont de la remorque en relevant joyeusement les antérieurs, secouant avec bonheur sa longue crinière, dissimulant les stigmates d'une ancienne vie.

Le temps où il toréait dans les arènes, où il affrontait le terrifiant toro Bravo était bel et bien terminé depuis longtemps. Ce temps de gloire était clos comme l'était celui du doute et de la peur. Après le feu qui avait embrasé les écuries de son cavalier de Rejon, cette nuit effroyable où il avait vu et entendu brûler vifs tous ses compagnons, où seul il avait pu s'échapper au prix de brûlures et de blessures profondes. Aujourd'hui encore il en gardait de profondes séquelles. Cette nuit-là il avait perdu un œil, sa crinière s'était embrasée en lui occasionnant de sévères brûlures, mais surtout il avait perdu toute confiance. Il n'était plus qu'un spectre fou de terreur et de douleur. Seule la main d'une fillette aussi solitaire et désemparée qu'il l'était, avait pu le ramener du côté des vivants. Aujourd'hui ses cicatrices n'étaient plus que physiques. Avec tranquillité il avait ouvert son cœur à une nouvelle petite fille, pétillante et affectueuse dont il acceptait à peu près tout.

Cassy, ses minuscules mains cramponnées à la longe, l'amena avec un intense sérieux un peu à l'écart, afin de permettre aux autres chevaux de sortir à leur tour. Oui à ne pas en douter malgré ses six ans à peine, elle était déjà une vraie « femme de cheval ». El Matador considéra le paysage avec une vive curiosité, les naseaux frémissants sur les mille odeurs à la fois intéressantes et inédites. Finalement toutes ces interminables heures enfermées en avaient valu le coup, songea-t-il en soupirant avec satisfaction.

Quelques secondes plus tard, un autre cheval à la semblable robe d'un blanc immaculée le rejoignit, humant à son tour l'air avec délectation. Il lui ressemblait trait pour trait : même gabarit, même profil imperceptiblement busqué, même longue crinière ondulée. Seul l'âge et la monstrueuse cicatrice, qui dévoyait tout le côté droit de la face et de l'encolure du premier, pouvaient les différencier. Ceci et l'œil jovial du plus jeune, cela allait sans dire ! El Matador et El Magnifico respectivement père et fils, aussi semblables qu'il est possible de l'être.

El Magnifico après avoir fait quelques pas, sauta des quatre pieds en l'air, heureux de se détendre. Max, sa propriétaire qui le tenait en bout de longe, le considéra avec indulgence :

— Eh bien, tu es content de sortir, hein mon Coco.

Son père avait beaucoup moins de patience et de mansuétude ! Il lui jeta un coup d'œil féroce tout en couchant les oreilles, signe évident de menace, songeant que ce jeune impudent n'allait pas les agacer dès le départ. El Magnifico, ou plutôt Coco, se calma presque instantanément : il le connaissait suffisamment pour savoir lorsqu'il fallait s'arrêter.

Descendant à son tour, un gros mulet au poil roux, se précipita vers les pelouses verdoyantes sans tenir compte de l'homme qui le tenait. Plongeant la tête dans l'herbe, il en arracha de grosses touffes avec une délectation plus que visible. Hank repoussa son stetson d'un doigt tout en considérant le mulet sans beaucoup de bienveillance :

— Il va vous en faire voir celui-là.

Lyne haussa les épaules, lui prit la longe des mains, tout en lui renvoyant un sourire un peu froid, vexée qu'on puisse critiquer l'un de ses chevaux. Elle lança un claquement de langue et cela fut suffisant pour son mulet qui releva aussitôt sa grosse tête, la bouche débordante d'herbe. Sans se faire prier il s'approcha d'elle, posant son lourd bout de nez dans ses cheveux, l'air totalement enchanté et béat.

— Non ça va aller, ne vous en faites pas Hank, Castor est un voyageur hors pair. Il a traversé toute l'Europe en passant par les Alpes.

— Arf les mules…, grommela l'Américain sans qu'on puisse réellement savoir si son ton était admiratif ou atterré.

— Allons venez on va les mettre en prairie histoire qu'ils marchent un peu, ajouta-t-il tout en les précédents dans un chemin partant vers de vastes étendues herbeuses.

Finalement une fois les chevaux lâchés dans une immense pâture couverte d'une herbe printanière déjà abondante, ils purent tous se retrouver dans la grande maison. Cassy s'effondra, épuisée, dans un canapé recouvert d'une peau d'ours, tandis que les deux jeunes femmes se laissaient tomber avec délices sur un tabouret de bar, afin de savourer une bière bien fraîche. Lyne aurait sans doute préféré un thé, mais elle le savait en voyage on prend ce qu'on vous offre. En l'occurrence la bière était rafraîchissante.

Hank avala en deux lampées sa canette, ce qui vu son gabarit ne paraissait pas un exploit. Descendant d'immigrants Allemands venus trouver dans le Tennessee de nouvelles terres à cultiver, Hank avait gardé de ses origines une haute stature, un visage rubicond et une chevelure blonde que même l'âge ne parvenait pas à affaiblir. Il broya le contenant d'une main, le lançant ensuite dans une poubelle située à quelques mètres. Au vu de sa dextérité cela devait être une habitude solidement ancrée chez lui. Il considéra enfin les deux jeunes femmes qui buvaient à petites gorgées, et s'exclama :

— Partir avec deux chevaux comme vous avez, je sais pas, mais si vous y croyez... En tout cas le mulet est solide.

Il n'ajouta pas « mais mal éduqué » c'était inutile, toutes deux pouvaient le lire dans son regard très bleu.

— Demain si vous voulez nous pourrons aller regarder des chevaux et des poneys que j'ai vus et sélectionnés pour vous, enfin pour la p'tite.

Lyne hocha la tête en réprimant un bâillement.

— Oui demain, là on est cuite entre le voyage et le décalage horaire... Mais j'ai hâte de voir ça !

En le disant son regard clair pétilla d'une brusque excitation : l'aventure avait déjà commencé et sous peu leur voyage deviendrait une réalité.

Chapitre 4

Les chevaux avançaient d'un pas ample, l'œil joyeux et les naseaux frémissants. Derrière eux, un poney touffu remonta le sentier en trottinant, encouragé par les cris de sa minuscule cavalière. Lyne tenant en longe Castor, leur porteur de bagages, admira sa fille avec fierté, se souvenant de ce jour d'automne où Max, en rage, l'avait appelée.

De cette conversation avait déboulé tout le reste, jusqu'à ce qu'aujourd'hui elles soient là, toutes les trois à parcourir ces sentes s'étendant au sud de Nashville. C'était presque irréel. Pour se convaincre de la réalité, elle effleurait de temps à autre l'encolure d'El Matador, qui par sa seule présence parvenait à l'assurer que ce rêve n'en était pas un : c'était bel et bien vrai.

De cette conversation était né un constat : Où étaient leurs rêves ? À quel moment avaient-elles abdiqué leurs espoirs enfantins ? Quand étaient-elles devenues de raisonnables adultes ? Pourquoi avaient-elles fait passer les espoirs des autres avant les leurs ? Qui se préoccupait de faire de leur vie un conte de fées ? Avaient-elles vraiment envie de devenir des personnes aigries et désabusées ? Une autre question plus froide, plus grave aussi avait fusé alors même qu'elles refusaient de la voir, à peine quelques heures auparavant : Pour qui devaient-elles faire tous ces efforts, annihiler tous leurs espoirs ? Leurs maris ? Ces compagnons de vie qui ne traversaient la leur qu'en ombres pressées, toute leur volonté tendue vers un point qui n'avait rien à voir avec elles...

Le constat était amer. Oui elles aimaient leurs maris, et l'inverse était vrai, cependant leurs vies ne faisaient que se croiser. Elles restaient là, sur le bas-côté à les attendre. Est-ce ce qu'elles projetaient étant enfant, dans le secret de leurs nuits ? Non. En aucun cas !

Lyne se rêvait en Calamity Jane tandis que Max, la toute petite Maximilienne s'imaginait traverser les Andes aux côtés du grand Tschiffely. Bien sûr à la place de Mancha et Gato les rudes chevaux Criollo, elle arpentait les sommets sur de splendides étalons espagnols. Aujourd'hui elle montait un impétueux Pur Race Espagnol, en route pour un voyage de six mois à travers les États Unis, c'était presque mieux encore que ses rêveries les plus échevelées !

Lorsque, furieuse, elle avait appelé Lyne, devenue au fil du temps l'une de ses meilleures amies, elle ne pensait pas que ce simple coup de fil, et coup de gueule, les emmènerait aussi loin ! Elle avait une seconde songé à se confier à Fanny son amie d'enfance, toutefois elle avait presque immédiatement renoncé. Non, Fanny ne comprendrait pas son désarroi. Elle avait installé son cabinet médical dans un recoin d'Auvergne, ayant rencontré un agriculteur bio, bûcheron charmeur à ses heures. À eux deux ils étaient à la tête d'une nichée de trois rejetons et un quatrième en route. Alors non, Fanny ne comprendrait en aucun cas ! Seule Lyne le pouvait. En effet les premiers mots avaient trouvé une totale résonance chez la jeune femme, devenue Normande d'adoption.

Au départ les deux amies avaient beaucoup râlé, sur leur vie, leurs espoirs. Puis elles avaient projeté, envisagé, une simple sortie, une courte randonnée entre filles. Peu à peu la longueur avait augmenté devenant au fur et à mesure un plan d'envergure, un projet à la hauteur de leurs rêves d'enfant.

Elles ne s'étaient nullement cachées de leur entreprise, tout au plus se bornaient-elles à ne pas en parler. Elles ne souhaitaient pas en faire un secret : il suffisait d'un soupçon d'attention et chacun pouvait remarquer ce qu'elles préparaient. Ainsi au bout de quelques jours à peine, Cassandra demanda tout naturellement à sa mère « où on va en voyage ? ». Son regard pétillait tant, qu'il était impossible de ne pas l'inclure. Cassy devint donc la troisième drôle de dame de ce trio, et pas la moindre ! C'est elle qui proposa de partir aux pays des mustangs et des racoons, suggestion immédiatement adoptée. Qui n'avait pas rêvé de parcourir l'Ouest sauvage ?

Ethan et Stephy ne mirent guère plus de temps pour découvrir que quelque chose se fomentait. Lorsqu'ils comprirent, ils approuvèrent tous deux l'idée, ponctuée par des cris d'enthousiasme pour Stephy :

— Si tu ne vis pas maintenant ma douce, quand crois-tu que tu le feras ? Dans ta tombe ? Fonce !

Alors elles avaient foncé. Le nez rivé sur des cartes elles avaient supputé, mesuré, envisageant un temps de remonter tout l'Appalachian Trail, qui débutant en Géorgie grimpait jusque dans le Maine. Cependant la difficulté du parcours les avait fait renoncer : elles partaient avec une petite de six ans, ce n'était ni pour l'épuiser ni pour courir vers un accident. Elles avaient donc opté pour un tracé qu'elles se bâtiraient au fur et à mesure des jours, ayant une direction, l'ouest, et un point d'arrivée : Salt Lake City.

Le départ se ferait depuis le ranch de Hank, situé à quelques dizaines de miles de Chattanooga. C'était bien sûr grâce à Stephy qu'elles avaient connu Hank, la fille aînée de ce dernier étant l'une de ces anciennes conquêtes. Il était bien pratique d'avoir une amie avec un tel réseau d'ex-petites amies !

Elles avaient donc passé tout l'hiver à planifier, organiser, écrivant des listes de tout ce qu'elles devaient emmener ou acheter sur place. Contactant des entreprises spécialisées dans le transport aérien des chevaux, puisqu'en aucun cas elles ne pouvaient envisager, l'une ou l'autre de partir vivre une telle aventure sans leurs propres chevaux. Lyne aurait préféré rester plutôt que de laisser El Matador. Par chance, la seule condition résidait dans l'argent du transport : Lyne n'en manquait pas et Max s'arrangea pour vider ses écuries, concluant quelques jolies ventes qui payeraient non seulement le transport aller et retour de d'El Magnifico, mais couvrirait les frais du voyage. Ayant hérité et fait fructifier le commerce de chevaux qu'elle tenait de sa famille, Max ne roulait pas sur l'or, cependant entre ses livres et les ventes de chevaux Espagnol elle se débrouillait plutôt bien. Le domaine de Cabagnol, installé depuis le dix-huitième siècle sur les hauts de Fontvieille, avait agréablement prospéré. Son père aurait été fier d'elle.

Tout s'était donc peu à peu préparé, jusqu'à ce jour de printemps où elles avaient embarqué, elles, les chevaux et leur monceau de bagages, pour plus de 9 heures de vol en direction d'Atlanta.

Elles n'avaient absolument pas prémédité de partir en secret. Les seuls que Lyne avait sciemment prévu de ne surtout pas mettre dans la confidence, étaient bien évidemment Babou et son père. Ce dernier aurait lâché sa forge afin de la suivre, ce qui n'était nullement le but de leur entreprise ! Seule sa jeune sœur, Marie, avait fini par comprendre et encore seulement après avoir spammé Ethan sur les réseaux sociaux afin qu'il lâche le morceau. Les deux adolescents sensiblement du même âge, s'entendaient plutôt bien, même si la passion des chevaux était plus que présente chez la jeune fille et totalement absente chez lui. Cela ne les empêchait pas de partager bien d'autres goûts. Ils tombèrent unanimement d'accord pour encourager respectivement leur sœur et leur mère à faire ce voyage, sans se préoccuper de rien d'autre. Ils jurèrent de ne rien révéler, même sous la torture. En espérant néanmoins qu'il n'y aurait pas de telles extrémités ! Alors aussi bien soutenues, les deux amies avaient-elles pu le cœur plus léger, entreprendre toutes les formalités nécessaires afin de rendre ce rêve une réalité tangible.

En aucun cas cependant elles avaient prévu de tout lâcher en une sorte de fuite éperdue. Elles n'avaient pas prémédité d'agir dans l'ombre et le mystère, les évènements seuls en avaient décidé ainsi.

En effet, si la petite Cassy s'était très vite aperçue de quelque chose, cela n'avait pas été le cas ni de Luc ni de Matt'. Perdus dans leurs propres objectifs ils en avaient oublié de regarder autour d'eux... Jusqu'au dernier moment Max espéra que Luc remarquerait l'étrangeté de ce qui se passait juste à côté de lui. Mais non. Rien. Profitant d'un Grand Prix en région Parisienne, elle avait chargé El Magnifico dans le camion emportant les chevaux de Jumping de Luc, prétextant une démonstration de dressage. Il n'avait posé aucune question. S'en fichait-il ? Ou était-il naïf ? Dans les deux cas la réponse n'était pas en sa faveur. Elle lui avait laissé toutes les chances de voir, mais il n'en avait saisie aucune.

Alors tandis qu'il échauffait son cheval, Stephy les avait conduits, El Magnifico et elle, vers l'aéroport où elle devait retrouver Lyne, Cassy, El Matador et bien évidemment Castor le mulet sans qui le voyage ne pouvait être complet. Tandis que le lourd 35 tonnes les emportait, Max regardait le paysage défiler sans le voir, à la fois ravie et folle d'excitation de partir à la rencontre de ce rêve d'évasion, bien que tout aussi meurtrie et blessée par l'indifférence de Luc. En se garant sur le tarmac, au vu de la mine attristée et déchirée de son amie, Stephy s'était exclamée avec une sorte de sourire sardonique quelque peu moqueur :

— Allons ma belle, tu ne vas pas t'en faire pour un mec ! Et puis ça va faire le plus grand bien à son ego, tu verras... Ça va lui rabattre copieusement le caquet à Sa Majesté Luc First. Je savoure d'avance chaque journée...

Max n'avait pu s'empêcher d'éclater de rire. C'est donc rassérénée qu'elle avait pris place dans l'avion, bouclant sa ceinture sur le début d'une nouvelle aventure.

Chapitre 5

Devant elles s'étendaient trois mille kilomètres de prairies et de montagnes : elles avaient six mois pour les parcourir. Elles avançaient dans ces paysages vallonnés, couverts de forêts de chênes, de hêtres et de bouleaux. L'herbe en ce début de printemps était déjà abondante, rendant leur progression facile, puisqu'il était si simple de trouver où bivouaquer chaque soir. La petite troupe avait mis quelques jours avant de se caler, toutefois aux abords de Nashville, une agréable routine unissait déjà tout ce petit monde. Les chevaux se connaissaient, ce qui était un problème de moins à résoudre. Seul le dernier membre de la troupe demandait à se faire accepter. C'était un solide poney bai brun d'une douzaine d'années, toisant un gros mètre dix, au caractère bien trempé, mais à l'éducation sans faille. Il répondait au nom de Muffin ce qui enchanta immédiatement Cassy, et emporta son cœur : ce serait lui et pas un autre s'était-elle exclamée en entourant son épaisse encolure de ses petits bras. Hank avait bougonné qu'emmener un shetland en voyage n'était pas très raisonnable et qu'il avait d'autres chevaux, beaucoup plus performant à leur montrer. Ce fut peine perdue. Aucun argument ne pouvait avoir de prise sur la volonté inébranlable de la petite.

De toute façon l'avait rassuré Lyne, elles n'étaient pas parties dans l'optique d'un quelconque exploit sportif, mais dans celui d'une heureuse parenthèse temporelle. C'est tout à fait ce qu'elles s'appliquaient d'ores et déjà à faire. Ces premiers jours, les étapes n'excéderaient pas une quinzaine de kilomètres et parfois moins encore, lorsqu'un lieu idyllique de bivouac leur apparaissait au détour du chemin.

Le poney équipé d'une selle western à sa taille et à celle de sa minuscule cavalière, était malgré son gabarit une sorte de mini bulldozer : il aurait largement supporté le double de kilomètres journaliers. Cependant toute l'équipe se devait d'aller à l'allure du plus faible, en l'occurrence de la petite Cassy ; aussi pour ces premières semaines Max et Lyne avaient-elles décidé d'un commun accord de ne pas couvrir de longues distances, simplement s'adapter au rythme lent bien qu'exigeant du voyage. Les chevaux, tout comme elles-mêmes, devaient se déshabituer de leur vie sédentaire et bien réglée pour entrer dans cet effort soutenu, dans cette cadence si particulière à la randonnée. El Matador malgré son âge, entraînait toute la troupe à suivre son pas élastique et ample, naseaux dans le vent, respirant avec délice et un brin d'ivresse, toutes ces odeurs inconnues qui étaient toutefois pour lui des bouffées d'aventure. Castor, en grand voyageur, réglait son pas sur le sien, sommeillant la tête collée dans la croupe de l'étalon, ou bien tentant d'attraper quelques feuilles au passage. Tant que la longe que Lyne tenait dans sa main droite n'était pas tendue, El Matador supportait vaille que vaille les incartades du gros mulet. Pourtant si jamais ce dernier s'arrêtait pour une raison ou une autre il se faisait très vite remettre dans le droit chemin par l'entier. Suivant la situation, ce dernier lui retournait un coup de dent ou un coup de pied : on ne plaisantait pas avec le sérieux requis pour un voyage ! Le mulet, depuis le temps, le savait parfaitement, aussi il s'évertuait à scrupuleusement rester dans la limite des bêtises tolérées.

El Magnifico, ou plutôt Coco, s'il connaissait le tempérament strict de l'ancien cheval de Rejon, ne savait rien du voyage, tout au plus connaissait-il du monde les chemins sillonnant les Alpilles autour des écuries de sa propriétaire. Ça et bien évidemment les terrains de dressage de toute l'Europe. Mais du voyage ou de la randonnée, rien. Tout était donc une découverte, un ébahissement pour lui. Il s'émerveillait de chaque effluve, de chaque brin d'herbe chatouillant son flanc, gambadant avec gaîté sur ces sentiers ombragés par les branches des feuillus qui commençaient déjà à reverdir.

Le poney, lui, sans plus s'inquiéter que ça, trottinait au milieu des deux entiers, absolument pas intimidé. Il doublait Coco, les oreilles couchées sur sa courte encolure, encouragé par sa cavalière tout aussi effrontée que lui.

À l'étape du soir, chacun se retrouvait attaché par un paturon à une longue corde d'une douzaine de mètres, au milieu d'un spot bien herbeux. Au bout de quelques jours, Lyne décida de ne même plus attacher Muffin, et seule une paire d'entraves passées aux antérieurs l'empêchaient de divaguer trop loin. Ravi de cette pseudo liberté, le poney se contentait d'explorer les abords immédiats du campement à la recherche de pissenlits, sans jamais s'éloigner.

Une fois les chevaux attachés, Lyne, Max et bien entendu Cassy les dessellaient, posant selles et bagagerie en un tas parfaitement organisé. Ensuite elles bouchonnaient activement leurs montures, afin de sécher une éventuelle transpiration qui, dans ce printemps encore frais, aurait pu conduire à un refroidissement. De plus un énergique brossage ramenait une confortable innervation de toutes les cellules du dos, restaient compressées par la selle ou le bât. Bien détendus après ce massage, les chevaux soufflaient, plongeant la tête dans l'herbe tendre ou bien se roulaient avec délice, les yeux mi-clos de béatitude.

Ce n'est qu'à ce moment-là que les deux jeunes femmes sans même avoir besoin de se concerter, attrapaient le sac contenant la tente et cherchaient un coin plat, dénué de cailloux ou de branches. Elles commençaient alors à ériger leur maison en toile. Avec une précision méticuleuse elles montaient un grand tipi en solide polyester vert, dont la couleur se perdait dans celle de la végétation. Elles avaient passé un temps infini durant tout l'hiver à choisir le matériel le plus adapté à cette équipée. Aujourd'hui elles se félicitaient de toutes ces heures penchées à supputer sur le choix d'une tente, celui des duvets ou encore sur la pertinence d'un réchaud à bois ou à gaz. Ces réflexions n'avaient pas été vaines. Elles leur permettaient à présent d'avoir non seulement du matériel fiable qui ne les lâcherait pas dès le premier coup de vent, mais en plus permettait de leur offrir un confort qui, s'il était tout relatif n'en n'était pas moins appréciable.

Le soir, allongées sur les tapis de selle qui leur faisaient aussi office de matelas, chaudement emmitouflées dans les duvets en plumes, elles devisaient paisiblement, la petite Cassy pelotonnée entre toutes les deux. Elles se remémoraient la journée passée, évoquant le lendemain dans des interrogations paisibles, liées en partie au tracé ou à l'organisation de base : Trouveraient-elles un magasin afin de refaire leur stock de pâtes et de céréales ? Pas d'autres soucis que celui de se lever et d'avancer le long de chemins sillonnant des forêts, de trouver de l'herbe et de l'eau puis de s'endormir bercées par le vent qui secouait les houppiers flexibles des cèdres rouges et des épicéas.

Chapitre 6

Pendant ce temps, en France, Mattieu le mari de Lyne, que plus grand monde à présent n'appelait Matt', mais Monsieur de Mejean avec tout le respect dû à l'un des plus importants industriels européens, poussait la porte du manoir ancestral dont il avait hérité en un package non voulu en même temps que l'empire familial. Il était fatigué. Revenant d'un long voyage en Indonésie afin de vérifier la provenance de certaines matières premières, dont le bois qu'il tenait à obtenir de plantation, et en aucun cas de forêt primaire. Il n'était peut-être plus un écologiste militant actif, du moins lui restait-il des principes inaliénables. Il devait reconnaître que cette lutte permanente contre le plus bas coût et le plus de bénéfices, l'épuisait années après années. Il tenait cependant à démontrer qu'une industrie pouvait être à la fois financièrement viable dans cette société, tout en étant respectueuse des ouvriers, des conditions de travail ainsi que de l'environnement au sens le plus large. C'était sa Quête. Souvent exténuante, pourtant pour rien au monde il n'aurait pu renoncer à concilier les deux parts de ce qu'il était, reniant ses convictions. Alors il se battait jour après jour, pour ses usines, pour ses milliers d'ouvriers ainsi que pour offrir des produits éthiques et de qualité.

Par chance sa capacité de récupération qui l'avait tant servie lorsqu'il était l'un de ces jeunes écolo' à la fois fou et enthousiaste, le secourait encore maintenant. Il avait donc pu dormir dans l'avion et ne souffrait pas vraiment du jet lag. Il était simplement harassé par les discussions et les réunions sans fin qui faisaient l'intégralité de ses journées. Il ne rêvait pour l'heure, que d'une douche, d'une tasse de café, et d'entendre Lyne murmurer son nom avec cette pointe de surprise et de tendresse qui le faisait chavirer. Il la prendrait alors dans ses bras, sentant la fraîcheur de ses lèvres sur les siennes tandis que ses mains se refermeraient sur elle.

Il ne rentrait que rarement aussi tôt. Jamais à vrai dire. Il songea que Cassy devait être à l'école, que Lyne était là puisqu'elle ne travaillait qu'à mi-temps comme ingénieur pour l'Office National des Forêts. Peut-être pourraient-ils rattraper un peu de ce temps enfui, dans une parenthèse de tendresse dont après dix ans de mariage, il ne pouvait se lasser. Il aimait Lyne avec tout autant de passion qu'auparavant, mêlée à une affection indéfectible. Pour lui, elle restait cette éternelle adolescente, à la fois caractérielle et irrésistible. Il devait reconnaître qu'avec ce travail colossal qu'il menait, il n'était que fort peu présent, pour elle et pour leur minuscule Cassandra. Sans doute les avait-il un peu négligées, mais qu'y pouvait-il ? Toutefois aujourd'hui il était là. Il comptait bien se racheter.

Il claqua la porte, tout en jetant les clefs de son Audi sur le guéridon de l'entrée, auquel sa mère tenait tant et que Lyne détestait. Il sourit à cette pensée, ôtant avec un soulagement extrême sa cravate en soie et la veste gris anthracite qui allait de pair avec son rôle de patron. Il était bien loin le temps où il arpentait le monde en jeans élimé et blouson en cuir... Couché dans le canapé du salon, Lady X poussa un bref aboiement moins d'avertissement que de bienvenue. Elle avait reconnu le bruit de sa voiture lorsqu'il avait remonté l'allée gravillonnée. Elle ne se leva cependant pas, se contentant de battre joyeusement la mesure avec sa queue touffue. Le chat, lui, était invisible.

— Eh salut toi, lança-t-il joyeusement à la vieille chienne qui le fixait de ses yeux noirs, trop intelligents.

Il laissa tomber veste et cravate sur l'un des fauteuils en cuir tout en appelant sa femme, observé par Lady X dont les courtes babines formaient presque un sourire goguenard. Presque... N'obtenant pas de réponse il grimpa à l'étage, poussant la porte du bureau où sa délicieuse compagne ne pouvait que se trouver. Il était cependant désert, comme toutes les pièces de leur maison, il dut bientôt en convenir. À la fois fatigué et frustré, il fronça les sourcils, tentant un peu vainement de se rappeler de ce qu'elle avait bien pu lui dire. Y avait-il une activité quelconque à l'école ? Fêtes ou sortie auxquelles les parents étaient conviés ? Il avait beau chercher, son esprit demeurait vide. Saisissant son smartphone il appela sa femme. Une sonnerie provenant de la table basse lui répondit aussitôt. Il se baissa, récupérant le téléphone de Lyne qui vrombissait furieusement. Elle ne partait jamais sans, alors que faisait-il ici ?

Alors qu'il était là à tenter de comprendre quelque chose à tout ce mystère, une femme accorte et enjouée poussa brusquement la porte.

— B'jour M'sieur De Méjean vous voilà rentré ?

— Euh, oui bonjour Noémie.

Il passa une main dans ses cheveux toujours trop longs, en un geste trahissant son embarras :

— Dites-moi vous savez où est Lyne ?

Elle lui jeta un regard un brin agacé, tout en lui répondant presque vertement :

— J'fais le ménage, j'suis pas là pour surveiller M'dame Lyne ! Elle m'a dit de venir tous les jours m'occuper du chat et de Lady, c'est qu'est-ce que j'ai fait... Maintenant où qu'elle est, c'est point mon affaire !

Une impression étrange lui serra brusquement la gorge en une émotion qu'il avait déjà ressentie bien des années auparavant. Avec un sentiment d'urgence, lié à une peur montant crescendo, il lâcha le téléphone qui chuta sur le tapis en laine. Il se rua hors du manoir, courant vers le bâtiment abritant les écuries. Derrière, de belles pâtures permettaient à leurs chevaux de s'ébattre. Mais que ce soit dans les box méticuleusement paillés ou dans les prairies, nulle trace ni d'El Matador ni du mulet. Seul Roșu, son propre cheval, était encore là, l'œil atone et paraissant mourir d'ennui. Ramené bien des années auparavant depuis les lointaines Carpates qui l'avaient vu naître, l'étrange lipizzan alezan, s'était accommodé d'une vie paisible et des gras pâturages normands.

Machinalement Matt' passa une main sur le chanfrein de l'entier, sans même se soucier des poils qui vinrent consteller son costume, alors qu'un froid mortel lui tombait sur l'estomac. Froid qui n'était pas seulement dû aux températures saisonnières. Il respira un grand coup afin de retrouver ce calme qui était son apanage.

« Allons, il doit y avoir une explication toute simple » songea-t-il en se triturant l'esprit à la recherche d'une bribe d'information. Mais rien. Le néant. Du moins aucune conversation dont il se souvenait traitant d'une absence de Lyne... Où pouvait-elle être allée avec ses chevaux qui plus est, tout en oubliant son smartphone ? Une pensée, tel un trait de génie, lui traversa le cerveau, s'imposant à lui. Soulagé, il revint en courant vers la maison, trébuchant sur les pavés dans ses chaussures en cuir fin, inadaptées à un tel exercice. Dans le salon il fouilla sa veste, récupérant presque fébrilement son propre téléphone portable. Effleurant hâtivement l'écran, il trouva le contact qu'il cherchait, priant intérieurement pour que celui-ci réponde. Étrangement dès la deuxième sonnerie un « allô » sec et abrupt claqua à son oreille.

— Eh Luc, c'est Matt', dis-moi est-ce que Lyne est chez toi ?

Un instant un silence glacé lui vrilla le tympan, il allait reposer sa question, lorsque son interlocuteur s'exclama :

— Attends Matt' je croyais que Max' était chez toi !

— Mais pas du tout ! Lyne n'est pas ici ! Et ses chevaux non plus !

Arpentant la pièce, il faisait craquer le plancher à chevrons en faisant les cent pas. Il s'aperçut qu'il criait presque ce qui n'était pas dans ses habitudes, faisant grogner imperceptiblement Lady X depuis le canapé.

D'une voix qu'il espéra plus posée, il exposa la situation à Luc.

À l'autre bout de la France, ce dernier se tenait au milieu des écuries, fierté de sa femme, dans lesquelles elle continuait son histoire familiale, poursuivant la vocation de ses aïeux pour la vente de chevaux. Les boxes qui d'ordinaire étaient remplis de chevaux ibériques aux crins vaporeux et aux tempéraments bruyants, étaient aujourd'hui d'un calme presque surnaturel. Désertique. Seuls ses propres chevaux qui occupaient une aile annexe, apportaient encore un peu de vie au Domaine. Dehors, dans un vaste paddock l'immense Goliath, le Shire de Max', faisait une sieste, profitant du soleil printanier pour réchauffer ses vieux os. Mais d'El Magnifico, son autre cheval, nulle trace. Luc, Champion du monde de Jumping, venait tout juste de rentrer d'Allemagne, avec deux nouveaux chevaux à tester pour une possible relève de Kérosène, son cheval de tête, lorsqu'en descendant du camion il avait été frappé par le calme des écuries.

Des chevaux et de Max', nulle trace. Il avait vainement tenté de joindre sa femme au téléphone ce qui avait fait monter d'un cran son énervement, accompagné par un sentiment qui ne lui était que fort peu familier : la peur. Stephy, sa groom depuis plus d'une décennie, descendait les chevaux et les installait dans des boxes tout confort. Un peu déconcertés par le long trajet, les deux solides trakehner à la robe sombre se jetèrent avec plaisir sur le foin qu'elle posa devant eux. Elle ne semblait rien remarquer. Lorsque Luc, l'œil brillant d'une lueur plus glaciale qu'à son ordinaire, lui fit brutalement part de l'étrangeté des écuries, elle retint un rire sarcastique de très mauvais aloi. Elle lui retourna néanmoins un sourire digne d'un squale, avant de lui lancer avec une sorte de jubilation :

— Bah qu'est-ce que tu crois ? Tout Champion que tu es, tu peux te faire plaquer mon chou... comme tout l'monde...

Elle savait évidemment quelque chose, bien sûr elle ne lui dirait rien. Ses quelques mots lui tombèrent dessus avec la brutalité d'un oxer s'écroulant dans le sable d'une carrière trop bien hersée. Avec les années il avait pensé être à l'abri d'une telle catastrophe. Il l'avait déjà vécue, par sa pleine et entière faute, il le reconnaissait, toutefois il ne tenait en aucun cas à revivre une pareille expérience. Non merci.

S'évertuant au calme il songea qu'elle avait dû tout simplement partir quelques jours voir Lyne, sa meilleure amie, sa complice de fous rires et de randos. Stephy comme à son habitude, se faisant une joie de le torturer !

40

C'est à ce moment-là que son téléphone avait sonné.

Matt' en deux mots avait fait s'écrouler son fragile raisonnement. Une chose cependant le frappa, il ignorait pour l'instant si cela était positif ou pas : Les deux copines avaient disparu simultanément. Une sorte de soulagement traversa une fraction de seconde son regard d'un bleu glaçant. Allons, si elles étaient parties toutes les deux ce n'était en aucun cas parce que Max', sa merveilleuse et susceptible Maximilienne, en avait eu marre de lui et l'avait laissé tomber comme elle l'avait déjà fait, bien des années auparavant. Non, il y avait une autre explication, explication qui n'avait rien à voir avec son propre comportement. S'il fut une seconde soulagé et déculpabilisé, cela ne dura vraiment qu'une fraction infime de temps, car la réponse de Matt' assenée avec une sorte d'incrédulité terrifiée, le remit presque immédiatement face à ses responsabilités :

— Elles ont pris leurs chevaux et se sont barrées toutes les deux !

Une main, invisible et glacée lui serra si brutalement le cœur, qu'il ne put respirer durant quelques secondes. Même si son esprit regimbait encore à le reconnaître, il savait intuitivement que c'était la vérité. Max' avait déjà prouvé qu'elle pouvait en cas de ras-le-bol, claquer la porte avec une brutalité sans équivoque. Il tenta pourtant de s'accrocher à un infime espoir :

— Elles sont certainement à Issoire, chez les parents de Lyne. Elles ont dû partir pour une p'tite rando en Auvergne, rien de plus.

Ni lui ni Matt' n'étaient dupes. Il en avait parfaitement conscience, néanmoins ce dernier lâcha un abrupt :

— Tu as certainement raison. J'appelle Fred' !
avant de lui raccrocher au nez.

Tout champion qu'il était, il se sentit à la fois
misérable, planté seul au milieu des écuries
désertes, ainsi qu'en proie à une colère allant
crescendo. Le regard fixé sur les platanes
centenaires, qui dispenseraient bientôt un
bienveillant ombrage, il réprima un soupir
d'agacement, furieux et inquiet. Furieusement
inquiet. Il ne pouvait rien faire d'autre qu'attendre
tout en ressassant les quelques mots railleurs
assenés par Stephy. Max', sa si jolie Max' avait-elle
pu le plaquer ?

Son smartphone vrombit dans sa main, le
faisant sursauter avec toute la nervosité d'un
yearling. Ce n'était que Matt' qui en quelques mots
lui brossa un tableau plutôt sombre : Ni Lyne ni
Max' n'étaient chez Fred et Babou, cela faisait
même plusieurs jours qu'ils étaient eux aussi sans
nouvelle. Où les deux jeunes femmes et leurs
chevaux avaient-ils bien pu passer ?

Sans avoir besoin de la moindre intuition, Luc
savait que Stephy était au courant, au courant de
tout, mais elle ne dirait rien, préférant le voir
patauger. Elle protégerait Max' jusqu'à la mort s'il le
fallait, il n'avait aucune chance de lui soutirer la
moindre information. Peut-être qu'Ethan savait lui,
où sa mère avait bien pu disparaître ? Il serra les
dents refusant pour l'instant de s'abaisser à
questionner son fils. Il se sentait suffisamment
humilié et ridicule de ne pas savoir où était sa
femme... Matt' paraissait dans le même état que lui,
oscillant entre désarroi, incrédulité et colère. Il
entendit un téléphone sonner dans le lointain. Matt'
lui lança un brusque « ne quitte pas » avant de
prendre l'appel. Il percevait vaguement la voix de
l'ancien écolo', sans néanmoins comprendre la
teneur de la discussion. Il n'était pas dans ses

habitudes d'être mis à l'écart, de surcroît la patience n'était pas sa vertu première, alors au moment où il allait raccrocher, Matt' s'exclama avec une sorte de frémissement :

— Luc ! C'était une secrétaire pour le boulot de Lyne, elle avait besoin d'un renseignement pour son congé sabbatique... Tu imagines ça ? Elle a pris un congé sabbatique... Sans m'en parler !

Malgré la distance, Luc perçut tout le désarroi de son ami, mêlé à une sorte d'indignation. Lui-même fut saisi par un étrange vertige : Max' avait-elle aussi prévu de partir des mois entiers ?

— OK. Elle a posé un congé. La vraie question est de savoir où elles sont !

— Oui tu as raison... Fais des recherches de ton côté j'en fais du mien, et on se tient au courant.

Lorsqu'il coupa la communication Matthieu se sentit vaciller : pourquoi Lyne avait-elle fait ça ? Pourquoi ne pas lui en avoir parlé ? Il secoua la tête, repoussant d'un geste machinal les mèches qui lui battaient le visage. Il se laissa tomber plus qu'il ne s'assit dans le canapé en velours taupe, s'évertuant à calmer les émotions qui tentaient de le submerger. Lady posa une patte fine sur son bras, en un geste de consolation délicat, comme si elle comprenait et partageait ses émotions.

Luc avait raison, ils devaient par tous les moyens savoir où elles étaient, le reste viendrait plus tard. Il réfléchit avec le plus de recul qu'il lui était possible, lorsqu'une idée jaillit de l'obscurité de ses pensées chaotiques. En deux bonds il était à l'étage, trois foulées dans le bureau et quelques secondes plus tard il se tenait devant son PC, consultant son compte bancaire. Par chance, ils avaient un compte joint ce qui lui permit de trouver ce qu'il cherchait. Ce fut presque facile. Il poussa un soupir mi-soulagé mi-consterné. Il referma l'écran de l'ordinateur portable avec une sorte de lenteur atterrée, repoussant le moment d'en faire part à Luc.

Enfin il saisit son smartphone abandonné sur le bureau en marqueterie. Il raffermit sa voix avant de lancer :

— Allô, Luc ? Elles sont aux States…

Chapitre 7

Les chevaux marchaient d'un pas égal, ayant en quelques jours assimilé les bases du voyage. Pour l'instant leurs cavaliers auraient été bien en peine de savoir s'ils prenaient plaisir à cet exercice, et quelque part peu leur importait. Tout ce qui comptait pour eux c'était d'avancer. Rien d'autre.

Fermant la marche sur un solide Quater Horse à la robe alezane, Matthieu percevait les grommellements irrités de Luc chevauchant devant lui. Depuis leur départ de Chattanooga quelques jours auparavant, Luc avait bien du mal à s'adapter à sa nouvelle monture. Il faut dire que passer de ses immenses Selles Français à cette minuscule jument appaloosa avait de quoi le décontenancer. Il ne cessait de vitupérer après elle, l'affublant de noms suivant son comportement : Pétasse Tachue était celui qui revenait le plus, suivi par espèce de greluche du Midwest, Stupide Ponette et plus rarement par Good Girl...

La jument qui toisait moins d'un mètre cinquante, arborait en effet une surprenante couleur léopard, faites de spots bruns ressortant sur un poil blanc. Elle avait en sus, deux yeux d'un bleu limpide, étonnant pour un cheval, qui lui conférait un faux air de princesse. Mais même cette douceur ne trouvait nulle grâce auprès du cavalier de CSO. Il fustigeait ses allures rasantes, son encolure basse et ses frayeurs intempestives. Matt' se retenait de rire depuis leur départ du ranch où ils avaient fini par trouver ces deux chevaux, les seuls à peu près en état de supporter l'effort qu'ils exigeraient d'eux. Voir le Champion de Jumping, plusieurs fois médaillé Olympique sur cette improbable monture, qui plus est affublé d'une selle western, seuls matériels qu'ils avaient trouvés en si peu de temps, était un spectacle hautement comique. Bien que perpétuellement au bord d'un fou rire, il se retenait de son mieux, sachant que Luc goûterait fort peu la plaisanterie. Le caractère de ce dernier n'était pas en temps ordinaire très porté sur l'humour, alors que dire en temps extraordinaires ?

De toute façon la pensée de Lyne, partie sans même le lui avoir dit, le laissait beaucoup trop amer pour avoir longtemps envie de rire... Lorsqu'il avait compris où elles étaient allées, elles leurs chevaux et surtout emmenant sa petite Cassy, son sang n'avait fait qu'un tour. Il avait le soir même retenu un billet d'avion pour Atlanta, organisant son départ avec ses directeurs et son vice-président. Nul n'était indispensable, il ne faisait pas exception à cette règle. L'essentiel pour lui était de pouvoir retrouver sa femme et sa fille. Son empire industriel aurait pu s'écrouler sans que cela le fasse frémir. Lorsqu'il avait eu Luc au téléphone, ce dernier avait juste lâché un « je viens avec toi », envoyant toute sa saison de concours aux gémonies sur ces simples mots. Ils s'étaient retrouvés à l'aéroport Charles De Gaule, sans bagage, armés en tout et pour tout de leur colère et de leur carte bleue.

Par chance, notre société offrait une infinie possibilité aux détenteurs de compte bancaire confortable. Aussi brandissant leur carte Gold, au Walmart et dans diverses selleries, ils avaient pu s'équiper de pied en cap du moins parer au plus urgent. Pour une fois l'aisance matérielle que Matt' avait tant rejetée auparavant, lui parut une bénédiction. Bien sûr préparer une telle expédition, puisque cela en était bel et bien une, du jour au lendemain, relevait à la fois du tour de force et d'une confiance immodérée soit dans l'avenir soit dans ses propres capacités. Peut-être les deux, à moins que poussés par leurs émotions, inquiétude, indignation et amertume, ils ne pouvaient rien envisager d'autre que de foncer droit devant eux.

Ils étaient donc là, chevauchant ces chevaux faits pour trier du bétail et guère autre chose, Luc essayant d'adapter son assiette à ce matériel qui ne lui correspondait en rien. Paradoxalement Matt' ayant moins de technique, parvenait à plus aisément se couler dans le fond de sa selle western, se laissant trimballer par les foulées de son hongre. Si ce dernier n'avait eu un mental de fonctionnaire, la randonnée lui aurait même semblé intéressante. Mais l'alezan se contentait du minimum syndical, refusant tout effort supplémentaire, calculant chacun de ses pas avec une économie frisant l'avarice. Cette radinerie à l'effort, entamait le moral déjà bien usé de l'entrepreneur.

Partir ainsi en catastrophe ne leur avait pas permis de penser à leur matériel, ils avaient donc ce qu'ils avaient pu réunir en quelques jours et ce qu'ils avaient pu fourrer dans les sacoches de leurs chevaux de selle. Soit pas grand-chose. Pas de tenue de rechange, ils n'avaient en tout et pour tout qu'un jeans, une chemise et une paire de boots. Un peu de nourriture, un duvet et deux longues cordes afin d'attacher leurs chevaux pour la nuit, rien de plus hors leur agacement !

Avec des montures aussi peu chargées, Luc avait décrété d'un ton n'admettant aucune réplique, qu'ils pourraient se permettre quelques allures. De toute façon se traîner à 5 ou 6 km heure lui semblait inconcevable. Grâce à la carte bleue accommodante de Matt', ils avaient acheté un GPS qui leur permettait de trouver avec plus ou moins de succès les chemins forestiers. Savoir par où étaient passées leurs femmes, relevait de la plus simple évidence : il suffisait de demander à droite ou à gauche si quelqu'un avait aperçu deux cavalières blondes montant des entiers espagnols gris, accompagnées par un mulet roux et une petite fille rieuse. L'hétéroclisme de cette troupe jouait en faveur des deux hommes. Par chance.

L'amitié entre eux, improbable, s'était pourtant construite au fil des ans, basée sur un respect mutuel et surtout sur une certitude de non concurrence ce qui, aux yeux de Luc était fondamental. Le seul autre cavalier avec qui il entretenait d'étroites relations amicales était son mentor, Simon de Virevolte. Les autres, tous les autres cavaliers n'étaient pour lui que des adversaires. Avec Matthieu, nul antagonisme, il pouvait pour une rare fois, accorder un soupçon de confiance à un autre. Matt' quant à lui, habitué à évoluer dans des milieux très divers avait accepté le cavalier tel qu'il était, sans se poser de question.

Pour l'instant alors qu'ils crapahutaient sur un sentier allant en se rétrécissant pathétiquement, Luc en tête sur sa jument qu'il ne cessait d'invectiver, Matt' se surprit à sourire, non pas des vitupérations de Luc, mais d'une sorte d'étrange bien-être, qui allait à l'encontre de sa volonté. Il respira avec une satisfaction oubliée l'odeur d'humus du sous-bois, celle doucereuse de la résine des grands pins Douglas qui lui rappelait ceux poussant en Auvergne. Une feuille au bout d'un rameau neuf, lui effleura la joue, râpeuse d'une barbe de quelques jours, ravivant en lui ces souvenirs lointains d'un passé de liberté, de causes à défendre et d'une immersion perpétuelle dans la nature. Quelque part le cri étrange d'un oiseau frissonna au-dessus de la forêt. Matt' reconnu le chant d'un Moqueur du Nord. Ces oiseaux affectionnant les endroits dégagés, ils ne devaient donc plus se trouver très loin d'une clairière ou même de prairies où ils pourraient s'arrêter.

En effet quelques minutes plus tard, le sentier déboucha subitement sur de grandes pâtures vallonnées au milieu desquelles broutaient paisiblement une troupe de cerfs. Étonnés par l'arrivée impromptue des cavaliers, ils relevèrent la tête, troublés par les odeurs unies des hommes et des chevaux. Ils hésitèrent à s'enfuir, ne sachant qualifier ces perturbateurs-là : dangereux ou pas ? Finalement ils optèrent pour la prudence. En quelques bonds gracieux ils disparurent sous le couvert des arbres. Le Moqueur s'était tu ou bien s'était envolé. Matt' posa les rênes sur l'encolure de son flegmatique alezan, tout en interpellant Luc :

— Eh tu ne trouves pas que c'est un endroit parfait pour une pause ?

Luc, qui ne songeait qu'à avancer toujours plus vite et plus loin, se tourna vers lui, s'apprêtant à lui rétorquer qu'ils pouvaient encore faire quelques kilomètres, quand il prit conscience de son environnement. L'herbe, l'ombre déjà nécessaire et en contrebas les clapotis assourdis d'un ruisseau. Il hocha la tête.

— OK, tu as raison.

Il mit pied à terre avec soulagement, le dos et le fondement endoloris par l'assiette que lui imposait cette selle. Il préférait ne pas penser à sa propre selle anglaise avec son arçon en carbone et fibre de verre, son cuir fin, et surtout sa conformation qui permettait une position idéalement ergonomique avec toutes les articulations fonctionnant les unes au-dessus des autres. Tout le contraire en somme de celle-là !

De surcroît monter en jeans avait tendance à plisser aux endroits stratégiques, ce qui lui faisait regretter ses culottes d'équitation, taillées pour une pratique optimale de ce sport. Il devait néanmoins reconnaître que pour faire ce qu'ils faisaient, où ronces et branches agressives étaient la norme, une paire de jeans et de chaps semblaient plus adaptés.

Il ôta les sacoches, les laissant tomber sur le sol, puis attachant la longue corde à l'un des paturons de la jument, il lui enleva le filet, la laissant libre de brouter. Avec un ébrouement de satisfaction elle plongea immédiatement la tête dans l'herbe, en arrachant de grosses bouchées avec un plaisir évident. Matt' avait fait de même avec son gros hongre, qui telle une machine à débroussailler avait entrepris de nettoyer toute la prairie.

Les deux hommes trouvèrent un tronc abattu par une tempête hivernale et s'y assirent avec satisfaction. Luc fouilla dans ses sacoches, en retirant bientôt un sachet contenant deux sandwichs offerts par la femme du rancher qui, la veille, avait accepté qu'ils passent la nuit sur ses terres. Il avait même fait mieux, les invitant à manger et dormir chez lui. Ils avaient ainsi bénéficié d'une formidable douche, de repas pantagruéliques et à présent de ces sandwichs très prometteurs. Il en tendit un à Matt' avant de lui-même mordre dans le sien avec autant d'entrain que les chevaux en avaient à brouter. Matt' but une longue rasade à sa gourde, aidant le pain à glisser, puis remarqua :

— Eh tu te souviens de la dernière fois où tu as pris le temps d'écouter les oiseaux... ?

Luc le dévisagea avec une certaine perplexité, lâchant néanmoins dans un demi-sourire :

— Bouarf j'sais pas... Lorsque j'avais six ou sept ans... Depuis tu sais, j'ai pas vraiment eu le temps !

— Je comprends... Moi ça doit faire au moins dix ans que je n'ai plus entendu un geai, et là y en a un qui chante dans l'épicéa en face.

Ils mâchonnèrent quelques minutes en silence, appréciant la quiétude du moment, dans lequel les chevaux et eux-mêmes n'étaient plus des intrus ; ils faisaient partie intégrante de cette nature.

— Il faut reconnaître, que c'est plutôt inattendu, mais il n'y a pas que du négatif, attends je rectifie, ce serait d'excellents moments si Lyne, Max et Cassy étaient là. Lâcha finalement Luc, à son propre étonnement.

— Bah si tu aimes la rando pourquoi ne pas être parti plus tôt avec Max ?

Luc éclata de rire, faisant s'envoler le geai.

— Parce que j'ignorais tout à fait pouvoir apprécier ça !

Matt' le considéra avec stupéfaction :

— Avec une bourlingueuse comme Max, vous n'êtes jamais partis ensemble... ?

— Non, pas eu le temps, entre les concours, les chevaux à travailler... Je ne me voyais pas tout lâcher pour quoi ? Marcher au pas toute la journée ! Tu veux rire !

— Je comprends... J'ai fait pareil... Je me suis laissé bouffer par mes responsabilités et j'ai oublié ma plus grande : celle de rendre Lyne heureuse...

Luc hocha la tête, laissant son regard clair errer sur les chevaux, suivre le vol duveteux d'un papillon, avant de faire à mi-voix :

— Elles n'ont peut-être pas eu tort de nous planter...

Chapitre 8

— Cassy ! Sors de l'eau, maintenant tu vas attraper froid, lui intima sa mère d'un ton qu'elle espéra convaincant.

Voir sa fille s'ébattre aussi heureuse, était pour elle un tel bonheur que parfois elle en avait les larmes aux yeux, sans plus de raison que de l'observer ramasser des limaces, cajoler son poney ou comme à l'instant, patauger avec allégresse dans l'eau glacée d'une rivière.

La petite releva la tête, lui renvoyant un sourire lumineux d'une douceur désarmante, qu'elle tenait à n'en pas douter de son père. L'image de Matt' s'imposa une seconde à Lyne. Elle la chassa vigoureusement, plus troublée qu'elle ne l'aurait souhaité ou reconnu. El Matador cessa un instant de mastiquer une touffe de pissenlit, la considérant de son œil unique tout soudain inquiet. Traînant sa longue corde derrière lui il s'avança vers son amie, la poussant légèrement du bout du nez. Avec le temps, les années, ils ressentaient les émotions de l'un ou de l'autre, dans une cristallisation que bien des couples auraient enviée. Elle passa une main machinale sur son encolure, laissant filer ses doigts sous ses crins nacrés. Son cœur soudain fut plus léger. Tout allait bien.

Derrière eux, à l'endroit où elles venaient tout juste d'ériger leur tente, un téléphone sonna. Lyne entendit Max fourgonner dans ses fontes en bougonnant, avant de mettre la main sur l'appareil et répondre. D'un commun accord elles avaient abandonné chez elles leurs téléphones français, pour en acheter un, le plus bas de gamme possible, lorsqu'elles étaient arrivées aux États Unis. Seuls Stephy et Ethan en avaient le numéro.

— Allô ? s'exclama la jeune femme en reconnaissant à la fois le numéro et la voix qui vrombit joyeusement.

— Alors ma douce comment vas-tu ? fit Stephy d'un timbre qui résonna dans toute la forêt, voire dans tout le Kentucky.

— Oh tout va bien. Nous avons changé d'État, nous sommes dans le Kentucky à présent. Tout est toujours facile, j'ignore si c'est notre bonne étoile ou notre aura de Françaises, en tout cas ce voyage est pavé de roses.

En entendant la groom, Cassy jaillit de la rivière, courant de toute la force de ses minuscules mollets vers le replat herbu surplombant la rivière, sur lequel se dressait fièrement leur tipi.

— Stephy ! Hier j'ai trouvé une limace noire !

À l'autre bout du monde, assise sur un ballot de paille, Stephy ne put s'empêcher d'éclater de rire. Cette petite était une tornade irrésistible. Elle l'imaginait très bien, ramassant toutes les bestioles possibles et les fourrant dans ses sacoches. Elle se retint de rire, préférant lui demander :

— Tu as fait une photo de cette merveille ? Tu me l'enverras ?

Un oui tonitruant l'assourdit quelques secondes, tandis que Max tentait de reprendre le monopole de la conversation. Elle percevait les voix entremêlées de Lyne et de Cassandra, l'une essayant de convaincre l'autre d'enlever son tee-shirt détrempé et d'en enfiler un sec.

— Eh bien c'est animé par chez toi !

Max gloussa dans le smartphone en approuvant, tandis que Stephy poursuivait :

— J'vais peut-être un peu casser cette belle harmonie ma chérie... Mais ici c'est le désert...

— Désolée que Coco et moi te manquions à ce point...

— Non, non enfin oui, bien sûr vous me manquez, davantage toi que ton chevelu Hispanique d'ailleurs, néanmoins ce n'est pas ce que j'ai voulu dire. Les écuries n'ont pas connu une telle zénitude depuis des lustres, juste parce que ton Champion se la joue ultime Chevalier Jedi !

— Quoi ? Que veux-tu dire ?

— Que Luc s'est barré et je ne sais pas trop ce qu'il a derrière la tête. Ethan ne sait rien non plus, et Matt' est injoignable...

Une bizarre émotion saisit Max, avec une telle brutalité qu'elle se mit à trembler. Elle s'efforça de déglutir afin de raffermir sa voix, ce qui ne fut pas suffisant.

— Tu veux dire qu'il est parti comme ça, en laissant tomber sa saison de compet' ? Impossible !

Tout en prononçant ces mots elle ne savait plus si les battements soudain plus violents de son cœur étaient dus à la joie ou à l'appréhension. Joie qu'il réalise enfin qu'elle était plus importante que tout, même que sa carrière, appréhension que leur voyage en soit gâché.

— J'ai pour mission de longer Kérosène et de bosser légèrement les autres sur le plat, en particulier les deux nouveaux, que tu n'as pas vus d'ailleurs. Sont plutôt prometteurs. En tout cas ça jump. Bref je m'égare. Il m'a laissé un planning tout bien détaillé, parce que c'est un méticuleux notre Chevalier Sith, mais j'en sais pas plus.

— D'accord merci Stephy..., bredouilla Max avant de raccrocher, le cœur plus secoué que par un tour dans des montagnes russes.

Lyne qui avait réussi à habiller de pied en cap sa graine d'Attila, s'accroupit à ses côtés, tout en lui posant une main sur l'épaule.

— Ça va ? Tu es blanche comme un linge...

Max hocha la tête, son regard brillant d'une surprenante jubilation.

— Oui ça va, il... Luc est parti, Stephy ignore où et pourquoi.

— Et c'est ÇA qui te met en mode joie délirante ?

— Mais, tu ne comprends pas ! Il a renoncé à sa saison ! Cela ne lui était jamais arrivé, même pas lorsqu'Ethan est né ! C'est Stephy qui m'a conduite à l'hosto avec le camion puisque nous étions en Allemagne, pour le Grand Prix d'Aix-la-Chapelle. C'est Le concours, c'est La Mecque du saut d'obstacles, il n'allait pas laisser tomber ses chances d'obtenir un titre pour un bébé, qu'il soit le sien ou pas. Et là il a carrément tout envoyé balader... Je n'arrive pas à le croire...

Lyne extirpa un mouchoir en papier de l'une des poches de son jeans, essuyant les larmes qui coulaient sur le visage de son amie, sans que celle-ci s'en aperçoive.

— Conclusion on a eu bien raison de les laisser mijoter !

Chapitre 9

Au bout de quelques jours, hommes et chevaux avaient fini par trouver un certain équilibre, gagnés peu à peu par la routine rassurante du voyage. Bien des points étaient encore à revoir. Il fallait tout de même reconnaître que Luc pestait moins, employant plus souvent des « bonne fille » que d'autres qualificatifs. La jument, moins stressée, s'appliquait, retenant un écart devant un écureuil ou un coup de pied si le gros Quater venait maladroitement effleurer sa croupe. L'alezan, adepte inconditionnel d'un code strict du travail, avait quant à lui fait certaines concessions : il marchait d'un pas plus vif, même en tout début de journée ! Sans doute la promesse de grain et d'herbage abondants, comme paiement de ses efforts, n'y était pas étrangère. Peu importe quelles étaient ses motivations, Matt' lui en savait gré déjà d'en avoir !

Les hommes eux, avec un sens certain de l'adaptation, s'étaient pliés aux contraintes imposées par ce mode de vie aux antipodes de leurs habitudes. Matt' était par essence le plus rustique, le plus habitué à dormir à la dure ou à supporter des journées entières de pluie. Il avait de surcroît eu un assez bon aperçu d'un voyage à cheval lorsqu'ils étaient revenus, Lyne et lui, depuis la Roumanie. Même si le temps avait coulé, les réflexes enfouis étaient là, ne demandant qu'à rejaillir. S'il omettait de laisser ses pensées dériver vers son boulot et ses responsabilités hérités de son père, et s'il parvenait l'espace d'un instant à ne pas penser à Lyne, il devait reconnaître qu'il prenait même un vrai plaisir à cette équipée. Il avait à nouveau le temps d'apprécier un lever de soleil, assis sur une souche, une tasse de café brûlant à la main. Devant lui ne s'étendait plus une journée bornée par des réunions sans fin, mais de nouvelles heures de découvertes où chaque pas était une intrusion dans un monde inédit, chaque virage cachait un univers de surprises, bonnes ou mauvaises, où aucune minute n'était identique à la suivante. Il lui semblait renouer avec celui qu'il était bien des années auparavant, retrouvant enthousiasme et joie de vivre, appréciant le présent : ce qu'il pensait avoir perdu.

Luc quant à lui, ne semblait pas taillé pour l'aventure extrême, cependant son mental acéré, sa volonté cinglante et son corps de sportif de haut niveau compensaient toutes ses lacunes. Dormir à la belle étoile n'était pas sa tasse de thé ? Qu'importe il imaginait Max' le laissant tomber avec autant de considération qu'une chaussette usagée, cela suffisait pour lui faire accepter n'importe quel inconfort. Il détestait les allures rasantes de sa jument et globalement tout son matériel, rêvant à ses grands Selles français avec une certaine nostalgie. Pourtant il reconnaissait que Kérosène n'aurait pas survécu dix minutes : il aurait commencé par dépérir d'ennui pour finir par se saucissonner avec sa longue corde, ou faire une colique due à une eau trop fraîche, une herbe trop verte. Au contraire de son cavalier, il n'était pas capable de sortir de sa zone de confort. Luc en avait une pleine et entière conscience, aussi ses récriminations envers l'appaloosa se firent-elles moins vives. Il devait bien, à force, lui reconnaître quelques qualités ! Pour le reste, s'il parvenait une fraction de seconde à oublier Max' et sa saison ratée, il se surprenait à ressentir un certain plaisir dans le renouvellement des paysages et des situations. Tout n'était que routine, pourtant chaque seconde apportait son lot d'émotions et d'étonnement. Pour une fois il n'avait plus besoin de démontrer au reste du monde ainsi qu'à lui-même qu'il était le meilleur. Il pouvait s'accorder un lâcher prise qu'il ne s'était jamais octroyé. Alors d'un côté il en voulait à Maximilienne d'être partie comme elle l'avait fait, et d'un autre il lui en était reconnaissant. Grâce à elle il réalisait qu'il y avait une vie en dehors du saut d'obstacles.

Alors calé dans le fond de sa selle, telle une réplique de Clint Eastwood plus glaçante encore, il laissait son regard errer sur la lisière d'un bois à la verdeur acide de feuilles neuves, qui se déployaient en se gavant des rayons d'un soleil déjà chaud. Sur un arbre, un pic s'activait, attirant son attention tandis que plus loin, un hérisson sortait de son endormissement hivernal, traversant le chemin et faisait sursauter la jument. Il la rassurait d'une main tout en souriant du dandinement de la boule de piquants. La vie, même dénuée de la plus petite palanque ou triples bigarrés, était somme toute intéressante, il devait bien l'admettre.

Avec Matt', cet improbable coéquipier, l'entente allait comme le reste : avec une facilité qui le laissait assez interloqué. Il devait admettre que le tempérament tranquille du Normand y était pour beaucoup. Même s'ils étaient partis sur un coup de tête, cette traversée non programmée des États Unis devenait les jours passant, une expérience plutôt positive. Elle leur offrait le temps de vivre le présent, de réfléchir, de discuter sans être pressé par un planning qui avait depuis longtemps remplacé leurs aspirations.

Matt' avait une bonne maîtrise de l'anglais, Luc se débrouillait avec un « Franglais » des plus courant ce qui leur permettait d'établir des contacts faciles avec les gens qu'ils rencontraient au hasard de leurs pérégrinations. Ils parvenaient à remonter jour après jour la piste de l'équipe féminine, comme ils avaient pris l'habitude de les appeler avec une sorte de dérision qui leur permettait de dédramatiser leur infortune.

Grâce à Matt' qui prenait à nouveau la vie avec tout le flegme et l'opportunisme voulu, ils profitaient de chaque traversée de bourgades, pour refaire bien sûr leurs provisions, mais aussi pour bénéficier d'un repas conséquent dans un restaurant, ou simplement s'offrir le luxe d'une bière délicieusement fraîche, même si les bières servies étaient au dire de Luc, plus de l'eau citronné et pétillante qu'autre chose !

Ce jour-là, la petite agglomération n'était pas différente de nombreuses autres qu'ils avaient traversées. Sans même se consulter, ils s'arrêtèrent tous dans un surprenant commun accord. Les chevaux eux-mêmes semblaient avoir appris à reconnaître les devantures des magasins, ou bien à lire. Dans les deux cas ils ne se trompaient jamais et stoppaient devant le débit de boissons, et nulle part ailleurs.

Attachant leurs montures à un lampadaire, les deux hommes poussèrent la porte avec une vive satisfaction. Les chevaux commençaient déjà une agréable sieste, les paupières lourdes, les oreilles basses, et la babine délicieusement détendue. Les hommes eux lavèrent la poussière des chemins en dégustant une Budweiser, tout en satisfaisant la curiosité des clients et du patron. Il est vrai que si répondre sempiternellement aux mêmes questions était lassant, l'intérêt des gens était évident, ce qui les servait eux aussi. Ils pouvaient ainsi soutirer avec aisance, des renseignements sur « l'équipe féminine ».

Une fois détendus, désaltérés et ayant engrangé tout ce qu'ils avaient pu glaner sur l'avancée des filles, ils payèrent puis sortirent sans se presser, plutôt satisfaits d'eux-mêmes. Alors qu'ils s'avançaient vers leurs chevaux ensommeillés, un homme à la carrure hors du commun, tout vêtu de noir, treillis, tee-shirt, lunette, se jeta en travers de leur route les menaçant d'une arme à l'aspect redoutable. Il hurla un quelque chose que les deux Français interloqués ne comprirent même pas. Plusieurs autres individus, pareillement habillés de noir les tenaient en joue en vociférant, les encerclant au même moment !

Ébahis, Matt' et Luc s'entre regardèrent, toutefois Matt' qui avait autrefois eu bien des altercations avec de nombreuses forces de l'ordre lorsqu'il faisait partie des Natur's Warriors, réagit instinctivement. Mettant les mains sur la tête, il s'agenouilla, en espérant que ce soit la réponse attendue.

Luc, décontenancé et furieux se redressa tout au contraire.

— Luc, fais gaffe, mets-toi à genoux !

Au moment où il disait ça, l'homme à la corpulence de lanceur de tronc, s'élança vers lui de toute sa masse, hurlant toujours on ne savait quoi. Luc darda sur lui la force glaciale de ses prunelles, les mâchoires serrées sur une colère qu'il maîtrisait depuis de trop longues semaines. Le colosse ventru brandissait son arme avec l'assurance et le regard d'un squale. Luc qui n'avait pas vraiment l'habitude de céder devant quiconque, rugit à son tour d'un ton qui avait maté plus d'un étalon irascible :

— Quoi ? Mais qu'est-ce tu veux, gros lard ?

Si l'homme ne comprit pas un seul mot, il en saisit la teneur ce qui parut suffisant pour que l'ensemble de la meute bondisse sur le Français. Luc semblait s'y attendre. Il fit volte-face, ajusta un coup de pied à l'un, un crochet à l'autre tandis qu'un troisième se mangeait un coup de coude en pleine face. Déstabilisé que leurs armes, doublées par leur arrivée en force n'aient pas suffi à régler la situation, celui qui paraissait être le chef, du moins par la force de ses beuglements, profita que Luc était occupé à répliquer contre l'assaut des autres sbires, pour lui décocher un coup de poing apte à assommer un bœuf. Le sang jaillit aussitôt de la pommette du cavalier, tandis qu'il chancelait. Il eut encore le courage ou l'inconscience de renvoyer un autre crochet avant de s'écrouler, frappé et menotté, face contre terre, écrasé par la masse du géant dont le nez éclaté lui avait ôté toute trace d'humour.

C'est donc sans ménagement et manu militari qu'ils furent propulsés à l'arrière d'une grosse fourgonnette sombre, aux vitres fumées.

— Putain, merde les chevaux ! cria Luc en essayant de se redresser, malgré les poignes combinées de trois des hommes en noir.

Ces derniers crièrent encore plus fort, le menaçant d'une arme que Matt' reconnu aussitôt.

— Luc calme toi, ils vont te taser, bordel !

— Mais les chevaux..., protesta encore Luc, plus préoccupé par le sort de leurs montures que par le leur, et le sien en particulier.

— Ce sont des flics, ou quelque chose d'approchant ! Tout va se régler, mais calme-toi...

Finalement Luc contint sa rage, plus par égard pour son coéquipier que par peur. En quelques minutes le véhicule se gara devant un imposant bâtiment tout en colonnade. Un tribunal à n'en pas douter. Ils furent extirpés du fourgon sans aucune amabilité, puis conduit dans un bureau où se tenait une sorte de fonctionnaire blasé. Un homme en uniforme de police les palpa méticuleusement, avec une telle minutie que Matt' s'attendait presque à une fouille au corps encore plus profonde... À son grand soulagement il se contenta de leur retirer tout ce qu'ils avaient sur eux, déposant ses trouvailles sur le bureau. Couteaux, GPS, téléphones et papiers d'identité se retrouvèrent pèle mêle au milieu de chewing-gum, bouts de notes, barres de céréales et autres stylos. Le policier se jeta sur les passeports, les consultant en fronçant les sourcils.

— Nous sommes Français... Je suis Matthieu de Mejean, l'un des plus grands entrepreneurs français et lui, c'est Luc Gautier trois fois champion olympique, vous ne pouvez pas nous traiter de la sorte ! Expliqua Matt' du ton le plus calme qu'il put.

Le policier le dévisagea avant d'éclater d'un rire grinçant :

— Mais bien sûr ! Un grand patron français et quoi ? Un champion Olympique ici, à cheval rien de plus normal !

— Mais nos passeports..., tenta encore d'argumenter Matt'.

— Ce sont des faux ! Vous êtes recherchés sur quatre états, les frères Boris et Sergueï Dvornikov !

Il fit ensuite signe à deux hommes en noir, tout en laissant tomber d'un ton froid :

— Mettez-les en cellule, ça va aider leur mémoire... Ça aide toujours !

Sans même pouvoir protester, ils furent emmenés et jetés dans une geôle aux odeurs prégnantes, aux murs grisâtres et couverts de littérature... Enfin littérature était un bien grand mot, du moins d'un certain style d'écrits...

Chapitre 10

À quelques centaines de kilomètres de là, l'équipe féminine, qui ignorait porter ce nom, avançait d'un pas égal, rompue à présent à la routine imposée par le voyage. Coco s'était accoutumé à dormir dehors, il ne bronchait même plus à chaque bruit suspect. Il avait appris qu'un oiseau qui décolle d'un arbre, dans un jaillissement de branches et de plumes, ne représente aucun danger, du moins pour lui ! L'impassibilité d'El Matador, son courage allié à une solide expérience couplée à l'indifférence crasse de Castor pour tout ce qui n'était pas comestible, avait été une aide énorme pour le cheval de dressage. À présent, tel un vieux randonneur, il avançait d'une foulée ample, aussi ample du moins que ses allures relevées le lui permettaient évidemment ! Il ne frissonnait même plus lorsqu'un lapin jaillissait d'un fourré ou quand, sur de petites routes, un véhicule les doublait en les serrant de trop près. Max' était très fière de lui : il était devenu un vrai baroudeur. Ce n'était plus Coco qu'il aurait fallu le surnommer, mais Mike Horn ou Bear Grylls, du moins c'est ce que sa cavalière lui chuchotait à l'oreille.

De son côté Muffin s'était plié aux règles implicites du voyage avec une indifférence qui ne tenait qu'au fait qu'il les contournait avec allégresse. Carrossé tel un mini char d'assaut et encouragé par sa fringante cavalière, il doublait les autres chevaux, n'hésitant pas à les bousculer sans se préoccuper le moins du monde de la hiérarchie. El Matador pinçait les lèvres, mais ne faisait rien de plus, supportant ses incartades comme on le ferait d'un enfant trop turbulent.

Son rôle dans la vie n'était plus depuis longtemps d'affronter des toros bravo, mais de veiller sur Lyne. Lorsque Cassandra était née, sa protection s'était de facto étendue à ce petit bout d'humain, partie vivante de sa cavalière qui était toute sa raison de vivre. Alors oui il pouvait bien passer sur quelques inconduites, puisque dans le fond le shetland savait parfaitement qui était le chef.

La Women Team était donc plutôt bien routinée, ou du moins un bon équilibre s'était-il créé entre tous les membres de l'équipe. Ils avançaient à une moyenne d'une grosse vingtaine de kilomètres, ce qui n'était pas beaucoup, toutefois suffisant non seulement pour progresser sur leur tracé, mais aussi pour le faire sans fatigue. Ni Max' ni encore moins Lyne ne perdaient de vue qu'elles voyageaient avec une petite fille dont le métabolisme n'était pas l'égal de celui d'un adulte. Alors elles lui ménageaient des temps de repos, des temps de jeux sans la bousculer, adaptant voyage et tracé à ses envies de fillette. Une aire de jeux avec balançoires et toboggans à l'entrée d'une bourgade, devenait un lieu de pause idéal pour un pique-nique détendu. Max' et Lyne discutaient sans se faire prier avec les habitants, tirés par la curiosité que suscitait leur étrange caravane. Cassy elle, s'en donnait à cœur joie avec de nouveaux et éphémères amis. Avec une capacité d'adaptation sidérante, elle avait accumulé suffisamment de vocabulaire pour communiquer dans un anglais qu'elle prononçait avec un accent américain des plus locaux. Sa manière de répondre par un « yeah » guttural faisait éclater de rire sa mère, ravie en fin de compte d'avoir cédé à l'impulsion irraisonnable de cette escapade.

Ce jour-là elles s'étaient arrêtées à l'ombre de quelques cèdres qui ombrageaient un square, dans lequel s'égayaient des jeux pour enfants. Après avoir consciencieusement attaché son poney à l'un des arbres, enlevé ses sacoches et désanglé d'un cran la selle, Cassy s'était précipitée afin de découvrir le nouveau terrain, sous l'œil attendri de sa mère.

Tandis que la p'tite grimpait sur les toboggans et partait à l'assaut des cabanes à escalader, les jeunes femmes s'occupèrent d'attacher les autres chevaux, puis de les délester en partie de leur matériel, en particulier Castor qui portait la majorité de leurs avoirs. Une fois fait, elles commençaient à peine à ouvrir les caisses de bât afin de confectionner leur repas de midi, que quelqu'un s'avança vers elles : Un vieux monsieur, digne sous sa casquette d'un rouge passé dont « Mc Cormick » était devenu illisible. Il se faisait tirer la main par une petite fille aux boucles châtains, surexcitée par l'apparition de chevaux sous ses fenêtres. Il salua les cavalières, tandis que l'enfant posait mille questions. Par chance Cassy interrompit ses glissades, venant voir de quoi il retournait. En moins de deux secondes elle entraînait sa nouvelle amie afin de lui présenter son poney.

Le grand-père après avoir compris qui était toute cette troupe, n'en revenait pas, ne cessant de lâcher des « my God » enthousiastes et effarés. Finalement, s'excusant auprès des jeunes françaises, il saisit son téléphone, appelant on ne savait qui afin de décrire avec de vives exclamations, ce qu'il avait sous les yeux : à savoir deux chevaux espagnols, leurs cavalières, un mulet roux, sans oublier une fillette haute comme trois pommes accompagnée par son poney rondouillard.

À peine quelques minutes plus tard une vieille Ford se garait en tressautant le long du trottoir. Une jeune femme aux boucles du même châtain que la petite fille, en sortit traînant après elle une sacoche, un calepin. Elle extirpa un stylo de son sac, tout en se précipitant vers le groupe constitué par les jeunes françaises, le vieil homme et les chevaux. En s'approchant elle s'écria :

— Oh là là papa, tu as bien fait de m'appeler !
Bonjour je suis Elena, je suis chroniqueuse pour la
gazette locale. Accepteriez-vous de répondre à une
interview ?

Sidérée les Françaises n'eurent pas le temps
de répondre, qu'une sorte de tornade s'abattit sur la
journaliste, en hurlant des « mummy » tonitruants.
Après avoir embrassé sa fillette et tenté de la
calmer, elle remarqua enfin Cassy pendue au cou
d'El Matador en une sorte de câlin que ce dernier
supportait avec patience.

— Mais vous avez aussi une enfant avec
vous ?

— Oui en effet c'est ma fille, Cassandra, fit
Lyne tout en essayant de décrocher le singe blond
de l'encolure musculeuse où elle s'était
cramponnée, telle une huître à son rocher.

— Je suis impressionnée ! Vraiment ! Faire
tout ce voyage incroyable avec en plus un enfant...
C'est stupéfiant.

Finalement El Matador aida Lyne en se
secouant, ce qui eut pour effet de décrocher
l'arapède qui tomba dans les bras de sa mère en
poussant un cri de joie. Une fois à terre elle
s'avança vers la journaliste qui prenait fébrilement
des photos.

— Lui c'est mon poney ! Elle insista sur le
« mon » avec une fierté de propriétaire, faisant
sourire les adultes. Sans se démonter, elle
poursuivit :

— Il s'appelle Muffin, il est beau hein ?

— Oui il est magnifique. Tu parles bien anglais
dis donc !

— Oui, c'est maman qui m'a appris, elle a habité à Washington tu sais, se rengorgea-t-elle.

— Mais dis-moi ce n'est pas trop dur de monter à cheval tous les jours ?

— Oh non, c'est bien mieux que l'école !

La jeune femme retint un éclat de rire devant un tel cri du cœur. Griffonnant à toute vitesse sur son calepin, elle demanda :

— Qu'est-ce qu'il te plaît le plus, en dehors de ne pas aller à l'école.

— C'est d'être toujours avec les chevaux et mon poney, et dormir sous le tipi. Dormir sous le tipi c'est trop bien.

Après une seconde de réflexion, elle ajouta :

— Et puis en voyage maman est toujours avec moi, elle crie pas, elle rigole, elle n'est pas toujours qu'à répondre à des messages sur son téléphone... Ça c'est bien aussi ! Ce qui serait trop bien c'est que papa soit là, mais il travaillait alors il pouvait pas..., acheva-t-elle de dire dans un soupir débordant de regrets.

— Oh je comprends, et qu'est-ce que tu aimes ici, pas spécialement dans le Missouri, mais aux US en général ?

La petite fronça les sourcils, concentrée sur une réponse qui fusa presque aussitôt :

— Les hamburgers ! J'adore les hamburgers !

— Oh oui, parfait, et y a-t-il quelque chose qui te manque ? Tes jouets ? Ta maison ?

Le visage de Cassy se figea une seconde, tandis que son regard brun se remplissait de tristesse :

— Mon papa me manque, même si on le voit pas beaucoup, là on le voit plus du tout... Puis mon chat et Lady aussi... et le fromage ça c'est sûr !

— Le fromage ? répéta la journaliste, légèrement décontenancée.

— Oui, le camembert ! Ici y a que du fromage en plastique et ça c'est pas bon. D'ailleurs les hamburgers seraient plus bons avec du camembert.

Lyne se mordit les lèvres afin de réprimer un éclat de rire, songeant que Cassy n'était pas fille de Normand pour rien. Elle réalisa soudain combien ces quelques semaines loin de Matt' les avaient toutes deux marquées. Oui Cassy avait raison... Il leur manquait...

Chapitre 11

Après l'interview et avoir lié connaissance, ils furent tous invités à passer la nuit chez Jo' le grand-père de la petite Eden. Il habitait une grande maison donnant juste sur le square. Les chevaux trouvèrent aisément une place dans l'un des pâturages du frère de Jo. En quelques minutes à peine tout fut réglé et sans même avoir leur mot à dire, les Françaises se retrouvèrent sous une douche, leurs vêtements mis à laver, remuées et organisées par une sorte de mini tornade : Dotty la femme de Jo. Max et Lyne se plièrent de bonne grâce à ses injonctions tandis que Cassy tentait de s'échapper en galopant vers la chambre d'Eden. En effet c'est toute la famille qui logeait sous le même toit en une sorte de grande tribu dominée par la poigne de la minuscule, mais non moins redoutable grand-mère. Cassy comme sa mère et Max', se retrouva sous une douche, des vêtements propres l'attendant à sa sortie. Vêtue d'une salopette rose et d'un pull assorti, le tout appartenant à Eden, Cassy put finalement rejoindre sa nouvelle amie, toute excitée de lui montrer ses jouets.

Le soir ils furent tous réunis, voisins compris, autour d'un barbecue improvisé certes, mais non moins chaleureux, toujours régi par l'inoxydable Dotty. Tout le monde étant aux petits soins pour elles, les Françaises se retrouvèrent vite gavées pire que des oies. Cependant elles firent de leur mieux pour ingurgiter tout ce qui remplissait leurs assiettes. Tout était offert avec tant d'amitié et de spontanéité qu'elles ne pouvaient faire moins que d'y faire honneur.

Pourtant lorsque le père d'Eden une fois sa journée terminée, vint enfin les rejoindre et que la fillette courut sauter dans ses bras, le cœur de Lyne se serra. Par chance Cassy ne vit pas la scène, trop occupée à grignoter un épi de maïs brûlant. Max' le remarqua, elle. Son regard très clair accrocha celui de son amie, y lisant tout le panel d'émotions qui le traversa en une fraction de seconde. Elle n'eut aucun mal à les reconnaître : ce n'était que le miroir de ses propres sentiments, le brin d'envie envers la relation d'Eden et de son père en moins. Son propre fils Ethan, était grand, il ne dépendait plus vraiment des rapports qu'il pouvait entretenir avec son propre père. Elle comprenait toutefois que pour Lyne, ce soit fondamental.

Elle effleura d'une main le bras de son amie, tout en chuchotant :

— Il te manque...

Nul besoin pour elle de poser la question, n'éprouvait-elle pas le même vide ? Du moins à quelque chose près.

Lyne hocha la tête, tandis qu'une houle de larmes, imprévue, subite, menaçait de la submerger. Max' accentua la pression de sa main, essayant par ce simple geste de lui transmettre sa force tout en contenant elle-même sa propre peine.

— On va essayer de ne pas pleurer comme des idiotes au milieu du barbecue, ça plomberait un peu l'ambiance !

Lyne lui renvoya un regard de cocker noyé qui n'augurait rien de bon.

— Je t'en prie pense au truc le plus moche qu'il t'ait dit, ou fait. C'est pas un ange ton Matthieu tu devrais vite trouver et ça évitera les grandes eaux.

Son amie esquissa un gloussement tremblant, à mi-chemin entre rire et rictus, tout en bafouillant :

— J'ai oublié, je ne vois plus que son sourire, son regard... Et rien d'autre... Il me manque ! Il manque à Cassy...

— Oh non... On est pitoyable, s'étouffa presque Max' en retenant un pouffement intempestif. On part en mode aventurières le couteau entre les dents et au bout de quelques semaines on s'écroule en serpillières pitoyables. Oh fan ! Heureusement ils ne nous voient pas chialer ! J'imagine l'air supérieur de Luc, ce petit sourire qu'il fait quand il croit avoir raison... Ah non non, on va tenir bon, et leur montrer qu'on est de vraies warriors, qu'on n'a pas besoin d'eux sinon ma belle, j'te le dis, on est fichue jusqu'à la fin de nos jours. Ils se croiront tout-puissants et ça non merci !

Lyne s'essuya discrètement les yeux avec une serviette en papier, tout en lâchant :

— Crotte d'alligator anémique, tu as raison !

Max' lui jeta un regard de travers en remarquant :

— Tu avais promis, juré, craché que tu arrêtais avec tes jurons animaliers !

— Oups, oui pardon... Ça fait rire Matt', mais je ne veux pas que Cassy prenne le pli...

— Où crois-tu qu'ils soient ? ajouta-t-elle d'une voix presque imperceptible, tout en pinaillant dans son assiette.

Max haussa une épaule incertaine, répondant sur le même ton :

— J'en sais rien. Tout ce que je sais c'est que Luc a un caractère de Pitbull, il ne lâche jamais. Donc entre lui et ton Matt' qui est aussi dans le genre têtu et déterminé, s'ils ont décidé de nous retrouver, ils risquent de le faire crois-moi sur parole ! Donc profitons de nos journées tranquilles avant qu'ils ne débarquent en mode Chevaliers en carton...

Le regard de Lyne se raffermit, retrouvant en partie sa résolution. Elle attrapa la canette de bière posée devant elle :

— À la nôtre alors, et peu importe des autres et comme disait Marilyn Monroe "Je suis égoïste, impatiente et peu sûre de moi. Je fais des erreurs, je suis hors de contrôle et parfois difficile à gérer. Mais si vous ne pouvez pas me supporter pour le pire, nul doute que vous ne me méritez pas pour le meilleur." On verra s'ils nous supportent dans notre pire...

— T'as raison, s'exclama Max' en choquant légèrement sa propre canette de Corona.

— À nous l'égoïsme et la légèreté sans culpabilité !

Chapitre 12

Finalement ils étaient tous si bien accueillis, les chevaux lâchés dans d'immenses pâtures déjà bien verdoyantes, que l'équipe féminine décida de rester pour un jour ou deux de repos au sein de cette famille généreuse. En tout état de cause Dotty ne semblait pas leur laisser d'autre choix ! C'est donc avec beaucoup de plaisir que Max' et Lyne se laissèrent convaincre. Cela permettrait à Cassy de jouer avec une autre enfant, et pour tous de se reposer, coupant un peu le rythme du voyage. Une heureuse parenthèse.

Max' en profita pour se poser dans la balancelle suspendue sous la véranda afin de mettre à jour leur journal de bord, tâche dont elle avait la responsabilité. Lyne attrapa la trousse de réparation et se mit en mesure de recoudre le matériel, qui inévitablement souffrait de cette utilisation intensive. Une fois ses multiples rapiéçages finis, elle prit le temps d'adapter le licol du poney en lui fabricant 2 montants en cuir, ce qui permettrait d'y accrocher son hackamore, limitant ainsi les blessures de frottement.

Ce fut donc une journée paisible, à peine entrecoupée par les hurlements des fillettes qui étaient à toutes les deux une armée entière d'Amazones.

Les chevaux tiraient une flemme intense dans les prairies closes de barrières blanches, profitant sans vergogne de ces heures paisibles, pour brouter, faire de longues siestes et essayer de nouer des liens avec les solides Quater Horse occupant l'enclos voisin. Cette dernière occupation réservée au seul Coco. En effet dès leur arrivée, El Matador leur avait lancé un bref coup d'œil, poussé un terrifiant hennissement dont il avait le secret, annonçant à tous les chevaux présents qu'il était le mâle Alpha de toute la région, ou plutôt de tout le continent nord-américain ! Après quoi il était parti se rouler avec une sereine décontraction, ayant jeté un vent de panique parmi toute la population équine à plusieurs kilomètres à la ronde. Coco ne possédait par chance, pas un caractère aussi dominant. C'était plutôt un joyeux, une sorte d'éternel adolescent ravi d'aller de découverte en découverte. D'autres chevaux étaient pour lui une source de curiosité insatiable. Il arpentait donc son côté de prairie, l'encolure arquée, les crins au vent, dans un petit trot aérien qui certes le mettait en valeur, mais décontenançait quelque peu les paisibles Quaters. Castor et Muffin se contentaient eux, de ratisser le moindre brin d'herbe de la pâture, avec une efficacité liée à leur capacité de mastication presque sans limite. Du côté équidés de l'équipe, cette journée semblait donc très bien partie.

Après la tenue du journal et les réparations, Max' et Lyne purent mêmes profiter d'un laps de temps dénué de la moindre activité ce qui semblait inespéré. Avec un soupir satisfait elles se lovèrent toutes deux dans la balancelle, parmi des coussins pastel et moelleux. Attrapant chacune leur liseuse, elles se plongèrent avec délice dans la lecture. Elles avaient veillé strictement au matériel afin de ne pas surcharger Castor, leur « camion » 4X4 officiel, toutefois elles avaient tenu à emporter une liseuse afin, le soir, pouvoir laisser leur esprit s'évader et se reposer lui aussi. C'était un bien faible encombrement par rapport à la satisfaction de s'allonger dans leur duvet et bouquiner sans plus s'en faire.

Lyne parcourut le registre des livres que sa liseuse contenait, jeta un coup d'œil par en dessous à Max', qui pelotonnée dans les coussins comme un chat, lisait avec une sorte de délectation. Lyne repoussa l'une de ses mèches blondes avec une certaine exaspération, moins par sa coiffure qui méritait certes une retouche, mais par le contenu décevant de sa propre liseuse. N'y tenant plus, elle se pencha vers Max'.

— Qu'est-ce que tu lis ?

Tirée de sa lecture, Max' répondit avec une sorte de regret :

— Hum… Le Grand Secret de Barjavel, et toi ?

— Pfuff en fait rien… Aucun des bouquins enregistrés là-dedans ne me tentent…

Max plutôt étonnée, dévisagea son amie :

— Bah comment ça se fait ?

— Tout bête ! Je n'ai pas eu beaucoup de temps devant moi pour penser aux livres que je voulais emporter. J'en ai chargé quelques-uns, néanmoins la majorité c'est ma copine Suzie, tu sais du boulot, bref elle adore lire c'est une sorte de boulimique, elle m'a dit qu'elle s'en occupait. Et oh oui ça elle s'en est occupée… Elle a sauvegardé presque toute sa bibliothèque dans ma liseuse.

— C'est plutôt sympa, remarqua Max qui ne voyait toujours pas où résidait le problème.

— Oui, c'est sûr… Mais regarde ce qu'elle m'a mis ! Que des romances ! Regarde les couvertures tu comprendras tout de suite : que des mecs torses nus, c'est hallucinant !

Max' jeta un coup d'œil et ne put qu'en convenir. Sa propre pile à lire, qu'elle avait confectionnée avec un soin jaloux, semblait tout de même plus séduisante avec des auteurs comme Boris Vian, Zola qui était son auteur favori, et dont elle n'avait jamais eu le temps de lire toute l'œuvre.

D'autres écrivains se bousculaient en un joyeux fatras tel que Robert Merle, Pierre Bordage, Henri Troyat ou Isabel Allende et bien d'autres encore, basés sur des choix tout personnels qu'elle savourait par avance avec une profonde gourmandise.

Elle ne put retenir un éclat de rire.

— Ah oui, là c'est pathétique !

Lyne fit une grimace tout en prenant un air boudeur qui aurait convenu à merveille à Cassy.

— Qu'est-ce que je vais lire maintenant ? Je vais m'ennuyer jusqu'à la fin du voyage...

Max' pouffa de rire, sans quasiment pouvoir s'arrêter.

— Ma pauvre chérie va, quelle terrible épreuve... Rhooo boude pas je te passerai ma liseuse. On se la partagera, ça te va ? Ou alors on trouvera moyen de télécharger des bouquins sur la tienne, pleure pas, Stephy dirait que ça va gâcher ton joli teint.

Lyne ne put s'empêcher d'éclater de rire à son tour.

— Oh oui comme si j'avais encore un « teint » après toutes ces journées sous le cagnard ou la pluie ! Il n'empêche que je m'ennuie.

Max' soupira, mit sa liseuse en mode off, tout disant.

— Eh bien que veux-tu faire ?

— Je ne sais pas... Profiter de pouvoir laisser Cassy, pour faire une sortie entre filles, enfin filles adultes. On pourrait aller faire un tour en ville, trouver un pub, boire une bière...

Max' sauta d'un bond hors de la balancelle ce qui lui imprima un violent roulis.

— Bonne idée allez viens on va se faire presque belles, et demander à Dotty si elle peut veiller sur Miss Tornade.

— Oui bon, pour la beauté on mettra une chemise propre...

— Et un coup de brosse sur nos boots, et nous serons étincelantes !

— C'est ça, enfin au mieux de ce qu'on peut espérer en tout cas !

.

Chapitre 13

Quelques minutes plus tard Max' et Lyne se retrouvaient au volant d'un énorme pickup, qu'il avait été impossible de refuser à Dotty. La marche à pied semblait pour elle un concept relevant de la physique Quantique. Cassandra étant plus que ravie de rester jouer avec Eden, les deux Françaises se retrouvèrent à la fois éberluées et un peu embarrassées dans le gros véhicule. Elles se disputèrent cinq minutes afin de savoir qui aurait le plaisir de ne pas conduire l'incongruité. Après un tirage au sort qui désavantagea Lyne, cette dernière prit le volant, alors que Max' s'installait en soupirant d'aise sur le siège passager. Elle parvint à démarrer la monstruosité, et conduisant à l'allure d'une grand-mère en déambulateur, elles gagnèrent le centre-ville de la bourgade, ou du moins ce qui pouvait tenir lieu de centre-ville. Les villes ici étant si différentes de celles qu'on pouvait trouver en France, voire dans toute l'Europe. Pas de petite place centrale autour de laquelle se seraient articulés en un foisonnement serré et un peu aléatoire, église, boutiques, restaurants et bien évidemment un bistro. Ici rien de tels, hors de larges rues tournant à angle droit, bordées par des bâtiments en briques, de coquettes pelouses bien tondues, le tout surmonté par des fatras de fils électriques. Cassy avait déjà émis une opinion très tranchée là-dessus. Pinçant les lèvres, elle avait lâché du haut de son poney un « ils pourraient pas ranger ces fils-là, c'est moche » tout à fait définitif.

Mais pour l'instant l'installation électrique de la small town, n'était pas du tout le souci de Lyne. Elle s'évertuait à conduire après s'être si longtemps déconnectée de toute modernité, ce qui n'était pas une mince affaire ! Monter El Matador lui semblait tout soudain beaucoup plus naturel. Néanmoins elles parvinrent jusque devant une sorte de parking où les véhicules pouvaient se ranger en épis. Lyne planta sa baleine sur la première place accessible, avec un plaisir non dissimulé, tout en lançant à sa passagère un « Tu conduiras au retour » qui ne souffrait d'aucune contradiction.

Max' rétorqua en claquant la portière, sans se laisser démonter :

— Allez viens Schumacher, regarde ne dirait-on pas un pub ou truc qui y ressemble un peu plus loin ?

Lyne déjà ragaillardie hocha la tête, rejoignant son amie sur le trottoir. Les deux amies bras dessus bras dessous se dirigèrent vers une enseigne qui se balançait un peu plus bas dans la rue, annonçant « Country Hell's Bar ». Le nom leur sembla suffisamment étrange pour être tout à fait prometteur.

Lyne portait une chemise rouge et un jeans noir, tandis que Max' avait une chemise technique à fins carreaux beige sur un jeans bleu délavé, assez usé. Elles avaient fièrement posé sur la tête, leurs inséparables chapeaux australiens en cuir de kangourou. Leurs tenues pouvaient prêter à caution, cependant elles étaient toutes deux propres et assez rayonnantes pour espérer compenser. Elles poussèrent la porte du bar avec une brusque excitation, entrant sans hésitation. Une musique douce de guitare accompagnait des paroles sentimentales soutenues par le timbre un peu rauque d'un solide brun d'une trentaine d'années, au stetson blanc et regard langoureux. Quelques gars accoudés au bar se retournèrent au bruit de la porte. Les conversations se limitèrent même à un simple filet, le temps pour les habitués de suivre du regard les deux jolies blondes. Sans vouloir montrer leur gène, elles s'installèrent chacune sur un tabouret haut, l'air plus à l'aise qu'elles ne l'étaient réellement. Mais qu'importe. Elles étaient venues pour boire une bière, elles n'allaient pas renoncer !

Accroché dans un coin un écran diffusait les news en continu. Les images défilaient, montrant l'arrestation musclée de deux dangereux trafiquants de drogues, des frères d'origines russe semblait-il, du moins c'est ce qu'annonçaient les sous-titres dans un bandeau rouge. Les filles jetèrent un coup d'œil blasé aux images avant de se tourner vers le barman.

Ce dernier, grand, gros, joufflu, à la mine peu aimable, à se demander comment il gardait sa clientèle, leur apporta deux Budweiser dont la fraîcheur compensa un peu leur fadeur. Max' fit la grimace, murmurant en français :

— Stephy me disait avant de partir que leurs bières c'est de l'eau teintée, elle n'avait pas tort ! Purée je ne m'y habituerai pas !

Lyne haussa une épaule ce qui ne fit qu'accentuer l'aura d'intense féminité qui l'accompagnait comme une sorte de brume langoureuse. Elle avait tout juste trente ans et sa beauté, fine, délicate n'en était que renforcée. Max' était ravissante, mais Lyne possédait en plus ce charme impalpable qui semblait transcender chacun de ses gestes. Les consommateurs, soudain, n'eurent d'yeux que pour les deux Françaises.

Trois jeunes d'une bonne vingtaine d'années, n'hésitèrent pas longtemps avant de se lever et s'avancer vers elles.

— Hey ! On peut vous offrir à boire ? Moi c'est Anton, lui c'est Barret et le grand là, c'est Bo'.

Max' lui retourna un regard ironique, le considérant de bas en haut, un court sourire sarcastique aux lèvres. Sans se préoccuper de son accent franco français, elle lui répondit avec une douce condescendance :

— P'tit chou, on a déjà à boire, on est de grandes filles, toi par contre tu devrais rentrer chez ta maman...

Le garçon, furieux, serra les dents, son visage virant d'un coup au vert. Il ouvrit la bouche pour répliquer lorsqu'il fut coupé dans son élan par l'arrivée d'une demi-douzaine de motards tout en cuir noir, tatouages, et mines à l'avenant. Ils s'installèrent sans se préoccuper de rien d'autre, autour d'une table, commandant des bières avec de grosses voix cassées par un abus manifeste de tabac.

Cela permit néanmoins au garçon de se ressaisir. Avec un rire forcé il lança :

— Ne t'en fais pas pour ça ! Vous n'êtes pas d'ici ? D'où venez-vous ?

Lyne leva les yeux au ciel, partagé entre son irritation de se faire aussi impunément draguer et ainsi de ne pas pouvoir profiter ni de sa bière ni de la musique en paix, mais aussi par une sorte d'amusement dû pour une part à la totale confiance que les garçons semblaient avoir en eux-mêmes. Max ne semblait pas aussi bienveillante que son amie. Elle ajouta d'un ton grinçant :

— Écoute mon p'tit loulou, va chercher ta pelle et ton seau et laisse les grandes personnes tranquilles.

— Ce que mon amie veut dire, c'est que nous sommes mariées et un peu vieilles pour vous les gars..., fit Lyne dans une tentative d'apaisement.

Du haut de son mètre quatre-vingt-dix, Bo', le bien nommé se pencha vers elle :

— Bah nous ne sommes pas jaloux... Tu es américaine toi ?

Lyne le dévisagea un instant, avec d'éclater de rire :

— Je suis Française, comme mon amie, mais que tu sois jaloux ou pas on s'en fout complètement tu vois !

— Ne te fâche pas, allez viens danser avec moi..., susurra-t-il tout en posant une main large comme un plat à tarte sur l'épaule de la jeune femme.

Outrée, Lyne le repoussa, ses yeux si bleus aussi courroucés que ceux d'une chatte en colère. Le gaillard s'apprêtait à l'empoigner, le visage blanc de rage lorsqu'il fut interrompu dans son geste par une main qui se referma sans ménagement sur son avant-bras, tandis qu'une grosse voix s'exclamait :

— Eh p'tit, la dame t'a dit de la laisser, alors...

Sans que personne n'y ait prêté attention les bikers s'étaient levés, entourant à présent le petit groupe. Ils ne bougeaient pas, toutefois leurs expressions en disaient long sur leurs intentions si jamais les garçons insistaient. Le barman sentant l'embrouille poindre, s'approcha lui aussi, tout lourd et maugréant.

— Allez régler ça dehors, pas ici !

Bo' dégagea son bras d'une secousse, toisa le biker en grommelant et roulant encore des mécaniques, bien qu'en reculant vers la porte, suivi par ses amis.

Le motard se tourna alors vers Lyne :

— Pardonnez m'dame c'est les gars de la campagne savent pas se tenir, tous des « Redneck » !

Sans plus s'en faire ils retournèrent à leurs places siroter leurs Corona.

Lyne et Max', interloquées, se dévisagèrent avant d'éclater d'un fou rire mémorable. Elles avaient bien fait de venir prendre une bière… Finalement !

Chapitre 14

Après quelques jours de repos, il fallut bien reprendre la route. Toute l'équipe avait pris quelques rondeurs dues pour certains à l'herbe printanière et pour d'autres à la gastronomie américaine. Un peu de marche et de mouvements ne feraient de mal à personne !

Bientôt ce serait la traversée du Kansas en espérant que l'été n'était pas déjà arrivé là-bas avec des chaleurs à cuire debout. Alors toute la team, profitant de son excellente condition physique força un peu l'allure, augmentant sa moyenne quotidienne jusqu'à presque atteindre la trentaine de kilomètres. Ni Muffin ni Cassandra ne semblaient s'en plaindre, bien au contraire. Ils gambadaient, plus primesautiers que jamais, faisant grommeler El Matador. Cependant avec plus de deux cents kilomètres par semaine, leur avancée se faisait d'une rapidité frôlant l'épique. Alexandre Dumas en aurait fait un roman s'il avait eu la chance de voir ça !

Dans ce prochain État, non seulement la chaleur serait à craindre, mais aussi la possibilité accrue de tempête voire de tornade. Mieux valait donc pour toute l'équipe, traverser le plus tôt et le plus vite possible, avant que l'été venu, la saison de ces fureurs naturelles ne les rattrapent.

La frontière approchait. Encore quelques jours à peine, et une nouvelle région leur tendrait sa diversité culturelle et naturelle. Pour l'instant elles parcouraient une campagne soigneusement cultivée, entrecoupée par de jolies forêts. Les chevaux avaient chaque jour droit à une herbe riche, ce qui était le moteur premier de toute l'équipe. Le moral était donc au plus haut. Du moins tant qu'aucune des filles ne pensait à leurs absents... Ce qu'elles s'efforçaient de faire avec de plus en plus de difficultés.

Ce jour-là toute l'équipe avançait sereinement, seul El Matador semblait ressentir une certaine gêne. Lyne avait même dessellé pour le reseller, songeant que peut-être un pli du tapis pouvait le déranger. Ce n'était pourtant pas cela qui le faisait mâchonner, tout en arquant le col. Non tout autre chose l'inquiétait. Quelques bourrasques de vents secouèrent les arbres du petit bois qu'ils traversaient. Rien de grave, pourtant l'étalon frissonna, ce qui n'était pas dans ses habitudes. Lyne se tourna vers Max' qui chevauchait derrière elle.

— Y a quelque chose qui ne va pas !

— Tu crois ? Autant il sent des juments en chaleur c'est pour ça qu'il fait son kéké...

— Non ce n'est pas son genre du tout ! rétorqua Lyne, un brin vexée qu'on puisse penser que son El Matador puisse être un cheval ordinaire.

— Y a autre chose, je t'assure, insista-t-elle. On devrait peut-être s'arrêter.

— Tu veux déjà chercher un bivouac ? C'est encore top, il fait beau, les chevaux avancent bien ce serait bête de ne pas en profiter.

Lyne dut en convenir. Elle gratta le garrot de son cheval, en une caresse imperceptible qu'ils appréciaient l'un et l'autre. La tension d'El Matador descendit d'un cran, restant toutefois à un niveau inhabituel chez lui, toujours plein de sang-froid. Ils marchèrent encore quelques minutes, le vent semblait augmenter en puissance, secouant de plus en plus les houppiers des grands hêtres qui les surplombaient. Le ciel d'un bleu limpide prit une teinte plombée, avant de se charger de lourdes couleurs sombres.

Max' fit avancer Coco à la hauteur d'El Matador, tout en s'écriant :

— Je crois qu'on va essuyer un orage. Il faut trouver un endroit où nous abriter, et vite !

Lyne hocha la tête, retenant de justesse une remarque cinglante, du style : « je te l'avais dit tout à l'heure ». Cela ne servirait qu'à envenimer une situation qui n'avait nul besoin de l'être.

Un coup de tonnerre, violent, claqua comme une salve de canon, soulignant l'imminence de ce qui ne tarderait pas à leur tomber dessus. L'air autour d'eux se chargeait d'humidité et d'une lourde odeur d'ozone. Les deux jeunes femmes se consultèrent une seconde du regard. Elles n'eurent besoin d'aucun mot. Arrêtant les chevaux, elles déplièrent leurs ponchos, les enfilant et ordonnant d'un ton sans réplique à Cassandra de faire de même. Lyne, sans même mettre pied à terre déplia la bâche de pluie sur le bât du mulet.

Ensuite elle cria à Cassy de remonter sur ses rênes, puis réveillant Castor d'un claquement de langue elle n'eut qu'à ouvrir légèrement les doigts pour qu'El Matador s'élance dans un trot aérien, suivi par le mulet surpris d'être tiré de sa somnolence. D'ordinaire elles ne faisaient jamais d'allure, se contentant du pas, certes le pas ample imposé par leur cheval de tête El Matador lui-même. Mais de trot et de galop, en aucun cas, ceci afin d'épargner les dos de leurs chevaux. Caisses et bagages n'étaient par nature, pas faits pour être trimballés et retomber en poids mort sur le dos ou les flancs des montures, ayant ainsi toutes les chances d'occasionner blessures et traumatismes des tissus. Aujourd'hui, devant l'urgence, il en était autrement.

Un autre coup de tonnerre secoua le ciel, alors qu'un vent de tempête malmenait à présent toute la forêt. Consciente du danger, les cavalières laissèrent filer leurs chevaux, pas suffisamment toutefois pour ne pas distancer Muffin qui s'accrochait avec énergie afin de suivre le rythme des chevaux. Son effort, entretenu et encouragé par sa redoutable cavalière qui, penchée sur son encolure aurait pu rivaliser avec n'importe quel jockey de Longchamp.

Au moment où enfin ils sortaient de la forêt, un rideau d'eau sembla tomber depuis le ciel, les cueillant presque par surprise. Un éclair zébra le ciel devenu noir, auquel le tonnerre répondit avec une réciprocité qui en disait long sur la position de l'orage.

Cassy cria, un sourire jusqu'aux oreilles malgré la pluie lui battant le visage :

— J'ai compté deux éléphants, et c'est tout !

Lyne ne put s'empêcher de lui renvoyer un sourire amusé, heureuse en un sens du tempérament joyeux de sa fille, tempérament qu'elle devait tenir de son père à n'en pas douter. L'aventure semblait plutôt l'enchanter. Là-même où toute autre petite fille aurait hurlé de terreur. Elle, elle poussait son poney encore plus, riant aux éclats sous les trombes d'eau qui rebondissaient sur son casque et son poncho. Comme son père c'était une vraie warrior.

Après le petit bois la troupe enfila un chemin plutôt large et suffisamment carrossable pour continuer à cette allure, espérant ainsi traverser la tempête et la laisser derrière eux, ou bien trouver un endroit susceptible de les abriter.

Hélas ils n'étaient que dans un moutonnement douoereux de collines méticuleusement cultivées, et rien à l'horizon n'annonçait la molndre grange ou habitation. L'orage lui, semblait non seulement gagner en puissance, mais les suivre... Les chevaux s'étaient calés dans un bon rythme, suivis par le poney dans un étonnant petit galop rond qu'il pourrait tenir encore un moment, mais combien de temps ? Lyne sentait monter en elle une irrépressible angoisse, songeant que ses stupides idées de rêves et de liberté l'avaient conduite à mettre sa fille en danger. Elle en venait à regretter toutes les décisions qui les avaient amenées ici même, sous ce déluge. À chaque seconde elle s'attendait à ce que l'un ou l'autre des chevaux soit foudroyé, ou qu'ils se fassent écraser par une branche, voire un arbre entier abattu par le vent et la foudre. L'après-midi était à peine entamé, pourtant l'obscurité était là, presque opaque, rendant leur progression plus difficile encore. Les chevaux trottaient vaillamment faisant gicler l'eau des flaques sur leur flanc et leur ventre, leur robe se trouvant ainsi constellée d'une boue que la pluie battante étalait en traînées.

Tout à coup alors que Lyne commençait à désespérer, un lourd pickup, remontant le chemin stoppa net devant eux. Toute la troupe parvint à s'arrêter avec plus ou moins d'aisance. L'accident fut néanmoins évité.

L'homme jaillit furieux hors de sa voiture, puis soudain il sembla réaliser à qui il avait affaire. Son visage s'éclaira d'un sourire alors qu'il apercevait Muffin et sa minuscule cavalière, couverte d'une boue projetée par les battues des chevaux les précédant elle et son poney. Les naseaux exorbités par l'effort, le toupet collé par la pluie il n'y avait que le sourire lumineux de Cassy pour apporter un peu de lumière dans ce tableau de désolation.

L'homme en oublia sa frayeur, sa brusque colère. Avec un naturel qui était une évidence, il leur indiqua en trois mots, deux mouvements du bras, où était sa ferme. Comme Noé, la team des filles était sauvée des eaux !

Chapitre 15

Après avoir eu à la fois autant d'émotions que de fatigue physique, toute la troupe trouva à se reposer chez Lewis et Emily. Accueillies avec un naturel et une bienveillance qui ne pouvaient que redonner foi dans l'humanité, cavalières et montures purent souffler quelques jours au sein de la chaleureuse ferme. Lewis élevait quelques vaches, cultivait quelques arpents de céréales plus afin de perpétuer une sorte de tradition familiale, que par besoin. Il était retraité de l'armée, comme elles devaient l'apprendre. Emily quant à elle, exerçait encore le métier de bibliothécaire dans la petite ville voisine. Leurs enfants, tous adultes, étaient essaimés aux quatre coins du pays. C'est donc avec beaucoup de plaisir qu'ils ouvrirent leur porte aux jeunes françaises. Les chevaux trouvèrent une grande pâture avec un bel abri pour se remettre. Herbe et repos : ils avaient tout ce dont ils pouvaient rêver.

La maison en bois datait d'une époque reculée, gardant en elle les stigmates d'un temps où tout devait être à la fois plus rude et plus simple. Elle se trouvait nichée au creux d'une jolie combe couverte d'herbe et de vergers. Pour Lewis chaque arbre avait une histoire, chaque pouce de cette terre respirait au même rythme que lui. Cet enracinement trouvait une résonance en Max', dont les racines plongeaient si profondément dans une terre inhospitalière et battue de mistral. Lyne, elle, se trouva un peu plus d'atomes crochus avec Emily qui, elle aussi passionnée de lecture, put tout à loisir lui gonfler sa liseuse avec quelques auteurs qui ne pouvait que ravir la jeune femme. L'intégralité de l'œuvre de Jim Harrisson ça ne se refuse pas !

Après leur arrivée sous forme de chatons noyés, elles reprirent vite contenance. Dès le lendemain les deux jeunes femmes s'attelaient à la tâche immense de nettoyer et réparer tout leur matériel bien mis à mal par leur folle chevauchée. Tandis qu'elles frottaient, lavaient, et graissaient, Cassy parcourait l'ensemble de la ferme, hissée fièrement sur l'énorme tracteur de Lewis.

Après l'orage qui avait claqué toute la nuit, la terre offrait une sorte de renouveau paisible, presque irréel, à croire que ces vents en tornades et ces trombes d'eau n'avaient été que le fruit d'imaginations trop vives. Seules quelques branches cassées d'un pommier ou les traces d'un ruissellement creusé dans le chemin, attestaient de la violence.

Ce jour était une parenthèse paisible pour tout le monde : la nature, comme l'équipe des Françaises. Lyne, soulagée que tous soient indemnes se surprenait à chantonner en nettoyant l'avaloir du bât.

Aussi lorsque Lewis leur proposa de rester un peu plus longtemps, et de venir le lendemain avec eux assister à un rodéo, elles n'eurent nul besoin de se concerter pour accepter. Leur « oui » partit du fond du cœur, soutenu par un « Yeah » tonitruant venant d'une Cassandra surexcitée.

Le lendemain matin de bonne heure, ils s'empilèrent donc tous dans le gros pickup : en avant pour le rodéo ! Lewis arborait pour l'occasion un splendide stetson blanc tandis qu'Emily avait tenu à prêter quelques affaires plus présentables à leurs jeunes invitées. La girly team avait donc passé un fort bon moment avec Emily à farfouiller dans les vieux vêtements de ses propres filles. Elles avaient fini par trouver leur bonheur, non sans mal. Lyne portait une jupe courte, toute en dentelle blanche, un top rouge et sa ceinture en cuir. Une chemise écarlate juste nouée sur son nombril lui donnait un air affirmé qu'elle n'éprouvait sans doute pas. Une paire de bottes et son chapeau australien complétaient sa tenue. Afficher des vêtements aussi soyeux et féminins après avoir passé des semaines en jeans et boots, lui sembla assez bizarre. Max' arborait une courte robe en patchwork de bleu, de rose et de rouge, dont le décolleté plongeant mettait en valeur tous ses atouts. Des bottes, son chapeau ainsi qu'une veste en jeans l'assuraient d'être tout à fait dans un rôle de cowgirl sexy. Elles échangèrent un regard déconcerté, avant de partir dans un fou rire dont elles avaient le secret. Cassy se pencha vers Lewis qui conduisait et ne saisissait pas tout le sel de la situation. Avec le sérieux que seuls les enfants peuvent avoir, elle expliqua :

— Ne t'inquiète pas, elles font ça tout l'temps.

Après plus d'une heure de route, le pickup s'engagea dans une sorte de large chemin. Il roula quelques minutes avant de déboucher sur un parking aménagé dans un champ. Déjà une bonne centaine de véhicules se serraient là, pickup, citadines et camions en un méli-mélo plutôt joyeux. Lewis se gara à son tour. Ils n'eurent plus qu'à se joindre à leur tour à la foule qui s'étoffait minute après minute. Cassy courait devant en leur hurlant de se dépêcher, comme si tout allait disparaître avec la promptitude d'une bulle de savon.

Là un vendeur de ballons en forme de cheval, plus loin un taureau mécanique autour duquel quelques jeunes tentaient leur chance, espérant impressionner les adolescentes rieuses qui les accompagnaient. Des cavaliers passaient au milieu de la foule, sans plus se formaliser. Quelques pas encore et ils étaient face à un vaste rectangle soigneusement sablé, clos de hautes barrières en tubes ronds. Les gens se pressaient, avides de voir comment se défendraient leurs favoris. Emily se pencha vers Lewis, tout en s'adressant aux Françaises.

— Avec Lewis nous allons dans les gradins, quelqu'un veut nous accompagner ?

— Moi, moi, hurla aussitôt la micro tornade à couettes blondes, en se cramponnant à la main de Lewis devenu son idole.

Lyne renvoya un sourire à sa fille tout en disant qu'elles les rejoindraient plus tard. Max' et elle-même, avaient plutôt envie de déambuler afin de satisfaire un peu leur curiosité.

Ravis de servir de grands-parents de substitution, Lewis et Emily disparurent avec une Cassandra suspendue à leurs bras, et pétillante de rire. Les deux jeunes femmes se dévisagèrent une seconde, réalisant soudain qu'elles avaient devant elles une plage de liberté. C'est donc bras dessus, bras dessous, leurs jupes pirouettant sur leurs jambes nues qu'elles allèrent admirer le corral contenant les impressionnants taureaux LongHorn aux robes brunes ou tachetées.

De nombreux cowboys en jeans, et chaps brunies par l'usage, se pressaient là eux aussi, faisant des pronostics sur la force ou l'agressivité des uns ou des autres. Étaient-ils tous des Bull Rider ? En tout cas leurs physiques solides, leurs visages déjà burinés par le soleil et la poussière attestaient que ce n'était pas leur premier rodéo. Un ou deux arboraient quelques plâtres, et autres ecchymoses plutôt variées, ce qui ne semblait pas les décourager pour autant. Fractures et autres blessures paraissaient être le lot quotidien des riders.

L'arrivée des jeunes femmes provoqua une sorte de mini émoi parmi les cowboys. Ils s'écartèrent afin de les laisser apercevoir les énormes bêtes cornues. Saluées à grand renfort de sourires, de « ladies » et autres envolées de stetsons, les Françaises commencèrent par pouffer, puis à se demander s'il n'aurait pas mieux valu qu'elles restent avec Lewis et Emily.

Lyne commença à trépigner avec une sorte d'hésitation, lorsque Max' lui glissa à l'oreille :

— On ne va pas se dégonfler sous prétexte de trois malheureux débordants de testostérone, hein ?

— Ils sont juste trente, t'as du mal avec les math toi ! pouffa Lyne tout en s'avançant vers le corral. Mais, t'as raison... Ajouta-t-elle tout en lui renvoyant un clin d'œil.

Finalement leurs agréables silhouettes jouèrent en leur faveur. Bientôt une demi-douzaine de cowboys leur expliquèrent par le menu tout ce qu'elles souhaitaient savoir sur les taureaux, la manière de les monter, ainsi que tout ce qu'elles ne voulaient pas non plus réellement connaître. Une fois qu'ils réalisèrent qu'elles étaient Françaises, leur charme s'en trouva d'autant rehaussé. Comme si le fait d'être made in France leur conférait une aura de séduction doublement captivante.

Après avoir admiré les LongHorn sous toutes les coutures, les cowboys les emmenèrent voir le cœur de ce qui faisait un rodéo : les épreuves se déroulant dans la vaste étendue sablée. Jouant des coudes, ils poussèrent sans vergogne les gens appuyés aux barrières, propulsant les jeunes femmes aux premières loges.

— Ils n'en font pas un peu trop ? bougonna Lyne tout en jetant un œil à l'épreuve de Saddle bronc riding, dans laquelle le cavalier se devait de tenir huit secondes sur un bronco équipé d'une selle.

Les chevaux, vifs et connaissant leur boulot, s'évertuaient par tous les moyens à se débarrasser de leur cavalier. À tout dire peu parvenaient à tenir les huit secondes fatidiques, et ce sans perdre leur chapeau... Qui plus est !

Max' soupira, se retenant de bailler.

— C'est lassant leur truc. Tombera, tombera pas. Bouarf je préfère encore un bon jumping tiens !

— Je croyais que tu n'en pouvais plus du CSO, railla son amie.

— Euh... Oui ben disons que c'est quand même plus intéressant que ça. Attends tout le travail du cheval, la technicité des cavaliers, la complexité du parcours, c'est quand même autre chose !

— Je te l'accorde. Quoique regarde celui-là..., s'exclama Lyne tout en désignant le nouveau concurrent, qui monté sur un petit cheval pie, faisait preuve d'une assiette étonnante.

Du moins sa technique était tout à fait différente de celle de ses prédécesseurs. Épousant avec harmonie chacun des soubresauts de sa monture, pas un trait de son visage au regard froid ne bougeait, tandis que tout son corps s'adaptait avec une souplesse presque impossible au moindre coup de cul ou saut-de-mouton. De son visage caché en partie par son chapeau, on ne voyait rien. Rien d'autre que son regard glacé. Entre coups de cul et sauts-de-mouton, le bronco mettait tout son cœur pour se débarrasser de son encombrant cavalier, mais en vain semblait-il.

Max' se cramponna à la barrière, stupéfaite.

— Ah oui ! Là je suis d'accord celui-ci déchire !

Les riders qui les accompagnaient, semblaient d'ailleurs tout aussi impressionnés. Le cavalier passa sans forcer le chronomètre, avant de sauter lestement à terre sous un tonnerre d'applaudissements. Le public, debout, le salua ce qui parut le laisser de marbre. Il sortit sans même se retourner, comme si toutes ces acclamations lui étaient dues ou bien comme si elles l'indifféraient. Les deux peut-être.

Max' le suivit du regard jusqu'à ce qu'il disparaisse, littéralement fascinée.

— Eh oh, la bouscula Lyne sans plus la ménager. Tu sais que t'es mariée hein ?

Max' devint subitement écarlate.

— Oui tu as raison... Avoue quand même que ce gars assure... Il m'a fait penser à Luc...

Tandis qu'elles discutaient à mi-voix, une sorte d'intermède avait lieu entre les épreuves. Un homme au stetson noir traversa d'un pas nonchalant une bonne moitié de l'arène, alors qu'un énorme taureau était lâché. Sans plus s'énerver ou s'en faire, il s'assit dans le sable, tandis que l'énorme bête le chargeait. Il ne bougea toutefois pas d'un millimètre. Le taureau décontenancé, se détourna. Il partit poursuivre les clowns chargés d'assurer la sécurité des cavaliers. Le taureau revint ensuite à son idée première, comme si cet homme au milieu de la piste lui faisait une atteinte toute personnelle. Les cornes aux ras du sol, bavant par longs filaments verdâtres, il chargea à nouveau. Lyne ne put s'empêcher de cramponner le bras de son amie, tout à coup terrifiée.

— Crotte d'auroch atrabilaire ! Il va se faire piétiner !

Max' haussa une épaule plus désabusée qu'elle n'était, tout en lâchant :

— Bah ne t'inquiète pas ce doit être un truc normal. Le taureau est certainement dressé pour.

Son amie jeta un coup d'œil vers leurs serviables accompagnateurs qui, cramponnés aux barrières, poussaient des exclamations à la fois stupéfaites et incrédules : pour eux la situation ne semblait pas du tout ordinaire.

Enfin l'énorme animal fut reconduit hors de l'enceinte tandis que le grand cowboy brun se relevait sans s'en faire, époussetant vaguement son jeans d'une main. Il remonta ensuite toute la piste, sans plus d'émotion, sous les cris débordant d'enthousiasme de la foule. Les chevaliers servants des Françaises ne furent pas les derniers à hurler leur admiration.

Enfin ils leur proposèrent d'aller boire quelque chose, partager un hamburger autour d'un barbecue dont l'odeur de viande délicieusement grillée, commençait à saturer l'air. Les filles se dévisagèrent en soupirant d'une même voix. Elles étaient encore une fois tombées sur des glues ! Nul ne pouvait leur reprocher leur gentillesse et leur politesse, mais en cet instant les jeunes femmes ne se sentaient aucune envie de rire ou de discuter avec d'autres que celui qui occupait toutes leurs pensées. Elles avaient beau être parties presque à l'autre bout du monde, le lien invisible qui reliait leur cœur à leur compagnon ne pouvait se rompre. En cette minute, elles avaient l'impression de respirer avec un poignard planté dans le cœur. L'éloignement n'avait eu pour effet que de renforcer leur attachement. Rien d'autre. Aujourd'hui être belle, coquette, entourées d'attentions masculines ne parvenait qu'à souligner d'un trait fluorescent l'absence de celui qui, pour chacune d'entre elles, justifiait que le monde tourne et que le soleil se lève.

D'un ton plus agressif et coupant que nécessaire, Lyne les envoya promener. Elles décidèrent ensuite, d'un commun et tacite accord de retrouver Lewis, Emily et Cassy dans les gradins.

À ce moment-là le speaker annonça les résultats des épreuves de la matinée, juché sur une estrade installée sur l'un des côtés de la piste toute colorée de bannières étoilées. À l'aide d'amples envolées lyriques, il appela le nouveau champion du Saddle bronc riding à venir le rejoindre. Le grand cavalier au regard glaçant, grimpa les quelques marches d'un pas assuré, sous les cris admiratifs de la foule.

— We are glad to have with us the french champion of jumping, Luc Gautier. Now winner of the Saddle bronc riding !

Chapitre 16

Max' se cramponna à la lice en tube métallique, le visage aussi livide que l'étaient ses phalanges crispées. Son cœur ne battait plus. Tout son sang semblait s'être transformé en une sorte de gelée compacte. Elle ne pouvait en croire ses yeux. Pourtant, oui c'était bien Luc là-bas, en train de recevoir un prix sur fond d'hymne patriotique et de drapeaux américains. Lyne qui lui avait saisi le bras, ne semblait pas moins stupéfaite qu'elle-même. Luc en jeans et stetson on aurait tout vu !

Une jeune cowgirl vêtue en tout et pour tout d'un minuscule short en jeans révélant plus que nécessaire de son anatomie rebondie, ainsi que d'une chemise de couleur vive nouée sur son ventre doré, tendit à Luc, le nouveau champion de rodéo aussi incongru que cette affirmation semblât, une coupe affublée de deux chevaux cabrés en guise d'anses. Elle la lui offrit en minaudant. Se lovant contre lui pour les photographes et la foule, tout en se trémoussant copieusement de tous ses avantages féminins dont elle ne manquait pas. Luc lui renvoya un regard glacé assorti d'un demi sourire dont on ne pouvait bien juger de sa signification. L'accorte ravissante le prit comme un assentiment, ce qui l'encouragea à se muser un peu plus contre lui. La célébrité du Français paraissait l'émoustiller au plus haut point.

Max, était devenu d'une pâleur frisant le translucide. Soudain, sans que nul ne puisse ni pressentir de ce qu'elle allait faire ni encore moins l'arrêter, elle se glissa entre les barrières, traversant toute la carrière d'un pas furieux. L'animateur là-bas, continuait à faire le panégyrique du champion de jumping alors que les flashs crépitaient. Max', portée par bien autre chose que ses simples foulées, fut sur l'estrade en un claquement de doigts. Personne n'eut le temps ou le réflexe de la stopper. De toute façon comment bloquer un ouragan ? D'un bond elle fut sur l'estrade, un autre et elle se jetait sur la fille toujours accrochée au grand cavalier. Elle la repoussa avec brutalité, la faisant hurler. Elle se débattit ce qui fut sa deuxième erreur. Sa première ayant été de toucher à Luc... Max', aussi folle de rage qu'un toro dans une arène, lui assena une gifle en aller-retour qui l'estourbit à moitié, permettant à la jeune Française de la pousser au bas de l'estrade. La jeune fille tomba dans la poussière, le souffle coupé, sans rien comprendre. Max' l'invectiva, la traitant de « cagole » et autres « putain de salope » dont le ton eut un effet radical sur tous ceux à portée de voix. Seul Luc se retenait d'éclater de rire.

Max' se tourna alors vers lui, les yeux étincelants de colère. Il ne sembla en avoir cure. Au contraire, un sourire étonnant illumina son visage, se reflétant dans ses yeux clairs. Passant un bras autour de sa taille il l'attira contre lui, sans prêter attention ni à ses protestations ni aux mouvements des gens tout autour. Baissant son visage vers elle, il planta son regard dans le sien, s'y perdant un instant avant de murmurer :

— Tu m'as tellement manqué...

Puis il lui prit la bouche dans un baiser qui ne reflétait en rien leurs nombreuses années de mariage. Max' dont le cœur parut enfin recommencer à battre au contact des bras de son mari, lui rendit son baiser avec une sorte de joie farouche, d'émotions multiples qui lui donnaient envie de rire et pleurer avec une semblable intensité.

Il la serra contre lui avec une sorte de bonheur paniqué, tout en lâchant d'un ton rendu cassant par la peur qu'il avait éprouvée tout au long de ces dernières semaines :

— Ne recommence plus jamais ça... Plus jamais !

Alors que la cowgirl se ramassait avec difficultés et tentait de reprendre pied sur l'estrade, Max' lui darda un doigt furieux accompagné d'un « stay away » sans équivoque. Au même instant un boulet de canon aux tresses blondes se jeta sur eux, tout en hurlant de stridents « Tonton Luc ! Tonton Luc ». Elle était suivie avec difficulté par un Lewis affolé et hors d'haleine. Luc la souleva d'un seul mouvement en s'exclamant :

— Salut moucheronne ! Tu sais qu'il y a quelqu'un à qui tu as beaucoup manqué ?

Cassy s'agrippa à son cou, en le considérant les sourcils froncés sur une réflexion stupéfaite. Puis, soudain, son visage s'illumina. Elle se tortilla afin qu'il la pose. Elle n'avait même pas touché le plancher qu'elle courait déjà en s'époumonant sur un « papa » si perçant qu'elle vrilla plusieurs dizaines de tympans. Mais peu importait. S'avançant vers l'estrade en jouant des coudes, le grand brun qui avait quelques minutes auparavant défié un Longhorn, tendit les bras, l'interceptant en plein vol. Avec un bonheur mêlé à un soulagement sans borne, Matt' referma ses bras sur sa fille, serrant son petit corps chaud et doux, éprouvant une émotion telle, qu'il vacilla. Puis tout à coup dans un mouvement de foule qui ne comprenait plus rien, il la vit, debout là face à lui. Ses cheveux blonds avaient poussé et accrochaient le soleil, tandis que son chapeau formait une ombre sur son visage soulignant l'interrogation de ses yeux bleus. Il la trouva plus belle qu'elle ne l'avait jamais été. Plus désirable aussi. Son cœur tressaillit. Lentement sans quitter Lyne du regard il posa sa fille à terre. La menotte de la fillette disparaissant dans la sienne il s'approcha d'un pas vers elle. Cassy gesticulait en criant, mais ni l'un ni l'autre ne l'entendait. Dans un geste presque hésitant il effleura le visage de la jeune femme, avec une sorte de timidité adolescente qu'il n'avait plus éprouvé depuis fort longtemps. Au contact de ses doigts tièdes, Lyne éclata en larmes, libérant d'un seul coup toute la pression accumulée depuis ces dernières semaines, mois... Années ? Elle s'accrocha à lui, se haussant sur la pointe des pieds afin de l'embrasser, dans un baiser aux goûts de larmes et de liesse.

Finalement le speaker, agacé, les fit tous évacuer vers la sortie, ou du moins loin de son estrade ! Au micro il tenta de rattraper le long moment de flottement, expliquant les retrouvailles des cavaliers français avec leur famille. Il ne précisa pas que les jeunes femmes et la fillette avaient plusieurs centaines de kilomètres de voyage derrière elles, ce qui vexa un peu Lyne. Matt' éclata de rire devant son air contrarié. Il la serra contre lui, heureux de l'avoir à nouveau là à ses côtés, elle et son mauvais caractère.

À l'écart des gradins ils purent tous faire ou refaire connaissance, attablés devant de monstrueux hamburgers arrosés de bières convenablement fraîches. Cassy sautillait tout autour, picorant de-ci de-là, se suspendant après son père ou grimpant sur les genoux de son oncle favori. Lewis et Emily restaient bouche bée sur l'histoire de ces Français, lancés sur les traces de leurs femmes ! Ils étaient aussi un brin intimidés par la célébrité de l'un et de l'autre : ce n'était pas tous les jours qu'ils croisaient la route d'un champion olympique ou de l'un des plus importants industriels européens.

Luc balaya leur gêne d'un sourire sarcastique.

— Nous sortons juste de prison donc inutile de nous porter au pinacle...

Sous les regards interloqués des jeunes femmes et du couple de quinquagénaires, il relata tout de leurs mésaventures avec le système judiciaire américain. Leur arrestation musclée par des chasseurs de prime qui les avaient confondus avec les chefs d'une mafia quelconque, leur impossibilité de faire comprendre qui ils étaient, jusqu'au moment où ils avaient pu avoir un avocat commis d'office qui se montra d'une stupéfiante efficacité. En deux temps et trois mouvements, il réussit à prouver leurs identités au juge qui, mortifié les relâcha sur-le-champ, tout en priant le Dieu protecteur des États Unis pour que cette malheureuse bévue ne fuite pas dans la presse. Pour plus de sécurité il les confia même à un transporteur de ses connaissances qui les emmena hors de son état. C'est ainsi qu'ils s'étaient retrouvés dans le Missouri. De rencontres en rencontres ils avaient été invités à participer au rodéo, du moins il leur avait été impossible de refuser l'invitation.

Chapitre 17

Le rodéo était déjà loin dans leurs esprits ce soir-là. Un ami de Lewis avait accepté avec une aisance déconcertante, comme si c'était normal, de se charger du transport des deux chevaux afin de les amener à la ferme. La jument et le hongre avaient trouvé une place dans une prairie un peu éloignée des entiers, et sans plus de stress, ils avaient baissé la tête et commencé à brouter avec ardeur : ils étaient devenus au fil des jours et des expériences de vrais baroudeurs aptes à profiter de chaque halte !

Les humains avaient investi la maison de Lewis et Emily, à leur plus grande joie à tous les deux. Après cette journée plus que haute en couleurs, ils avaient tous faim, aussi Emily sortit de la viande, tandis que Lewis allait chercher du bois et du charbon afin d'en garnir un foyer extérieur qu'il avait lui-même bâti. Aidés par les Français, Cassy comprise, devenus tous des experts de la culture nord-américaine du moins pour la préparation d'un barbecue, préparation et cuissons allèrent bon train, arrosées par les incontournables Corona.

Le foyer construit en bordure de terrasse, entouré de bancs en pierre, offrait une étonnante plénitude, entre le contraste de ce feu apprivoisé et de la fraîcheur nocturne. La conversation roula sur des sujets paisiblement anodins, comme si nul ne voulait commencer à gratter le premier cette brume de politesse. Lyne et Max', à la fois heureuses et gênées, ne savaient pas trop quelle attitude adopter. En leur for intérieur elles étaient ravies de retrouver celui qui faisait trembler leur cœur, pourtant elles ne regrettaient rien. Un peu butées, trop têtues sans doute, réalistes aussi vers où la vie les conduisait avant qu'elles ne réagissent. Matt' et Luc restaient silencieux, répondant avec toute l'amabilité voulue à leurs hôtes, sans néanmoins sortir d'une certaine réserve dans laquelle ils s'étaient tous deux drapés depuis le rodéo. La soirée s'étira. Cassy s'endormit sur les genoux de son père qu'elle n'avait pas quitté ; maculant son jeans de traces de ketchup et de doigts gluants, ce qui paraissait être le cadet de ses soucis ! Sans un mot il prit sa fille dans les bras, l'emmenant dans la chambre d'amis qu'Emily leur avait attribuée. Emily et Lewis ramassèrent assiettes, couverts et restes tout en faisant signe aux Français de continuer à profiter de la nuit.

Lyne, après avoir pensivement suivi Matt' du regard portant serrée tel un trésor, leur fille à tous deux, soupira, avant de se lever et se fondre dans l'obscurité. Son cœur, épuisé, ne savait plus qu'éprouver. En cet instant un seul être pouvait réconforter la petite fille perdue qu'elle n'avait jamais cessé d'être. Elle traversa la longue pelouse qui s'étirait vers les granges et les prairies, contourna un bâtiment avant de se glisser sous une clôture de larges rubans électriques. Comme s'il savait, et peut-être était-ce le cas, El Matador était là, hiératique statue qu'un pâle rayon de lune faisait étinceler. Sans un mot, elle entoura son encolure de ses bras, enfouissant sa tête contre son épaule, et là enfin elle se permit de pleurer. Elle ne savait même plus pourquoi au juste les sanglots, en marée irrépressible l'emportaient en un tsunami, mais son cœur affichait un trop-plein émotionnel fait d'espoirs déçus, de bonheur trahi et d'amour inconditionnel qu'elle ne savait comment évacuer. Soudain deux bras l'entourèrent, sans même qu'elle ait entendu le moindre pas s'approcher, tandis qu'une voix, grave, murmurait pour elle seule :

— Pardonne-moi...

L'étalon à la robe d'albâtre, considéra un instant les humains de son œil unique, puis secouant la tête il s'éloigna en mâchonnant un brin d'herbe, tout à coup satisfait et détendu. Plus loin là-bas il percevait les présences de Coco et Castor, le shetland devant traîner dans un coin éloigné de la prairie. Il les rejoignit dans un trot aérien, souple, décontracté.

Restés seuls Max' et Luc s'ignorèrent avec un vrai talent durant quelques minutes. Lui touillant les restes du feu qui n'en avaient nul besoin, elle arrachant méthodiquement les bouloches de sa veste en polaire. On aurait pu tricoter une paire de mitaines avec ce qu'elle avait enlevé, lorsqu'elle ouvrit la bouche, agacée d'abdiquer la première et pourtant soulagée de le faire.

— Luc...

Il releva la tête, affichant une neutralité de façade dont elle lui sut gré, bien qu'un sourire goguenard se reflétait dans son regard clair.

Elle prit sur elle, poussée par les battements frénétiques de son cœur qu'elle devait coûte que coûte calmer.

— Luc, je suis désolée...

Un demi sourire victorieux frémit une seconde sur ses lèvres, mais il ne dit rien. Il se contenta de la dévisager, abandonnant le tisonnier à son sort.

Elle haussa les épaules, se sachant d'ores et déjà vaincue.

— OK d'accord tu veux que je me répande en plates excuses, voilà je me répands. Tu es content ?

Il ne répondit rien, attendant la suite avec une visible satisfaction.

— Tu es insupportable, explosa-t-elle entre rire et colère. Alors oui je suis désolée ! Désolée que tu aies dû renoncer à ta saison à cause de moi, mais tu n'étais pas obligé de faire ça !

Soudain il laissa échapper un éclat de rire, qui plissa joyeusement le coin de ses yeux, lui redonnant tout à coup vingt-cinq ans. Elle resta bouche bée, trop interloquée par sa réaction pour trouver une réplique intelligente. Il redevint tout aussi brutalement sérieux, approchant son visage du sien, éclairé par les mouvances du feu agonisant.

— Bien sûr que j'étais obligé ! Que crois-tu... Rien n'est plus important que toi !

Englobant alors le visage fin de la jeune femme entre ses mains sèches et rudes de cavalier, il l'embrassa avec toute la force de son âme.

Épilogue

Demain le soleil se lèverait sur un monde où se mêleraient désastres, perditions, réalisations et accomplissements. Déjà ils allaient dès ce soir, équilibrer la balance entre bien et mal, apportant leur bonheur reconquis dans l'escarcelle lumineuse.

Demain les jeunes françaises, Cassy comprise, participeraient au rodéo pour l'épreuve de Barrel racing, afin de donner à penser aux Américains sur la puissance des chevaux espagnols... Et des Shetlands ! Demain elles seraient acclamées sous les yeux conjointement émus et admiratifs de ceux qu'elles avaient tant voulu fuir et retrouver avec la même force.

Demain ils repartiraient tous ensemble pour une fin de voyage où l'harmonie ne serait troublée que par les flirts de la jument appaloosa, tombée folle amoureuse de Coco. Demain ils avanceraient au rythme lent d'un petit six kilomètres heure, vers la lointaine Salt Lake City, et cette allure leur semblera encore trop rapide à tous...

Demain...

Novembre 2017

Isabelle Morot-Sir, République Tchèque
https://www.isabelle-morot-sir.com
Texte protégé, toute reproduction réservée
Couverture : Evan Leirah
Correction : Jean-Michel Thuriault
Mise en forme : Jeanne Sélène
Imprimé via CreateSpace
Dépôt légal : premier trimestre 2018
ISBN : 979-10-96202-22-5

www.ingramcontent.com/pod-product-compliance
Lightning Source LLC
Chambersburg PA
CBHW061322120726
48001CB00002B/638